PAUL HAREL

Les
Voix de la Glèbe

Illustrations de Gaston Latouche, C. Morand,
Jobbé-Duval et Marie Lassaussaye

PARIS

ALPHONSE LEMERRE, ÉDITEUR

23-31, PASSAGE CHOISEUL, 23-31

NEW-YORK, 13 WEST, 24th STREET

M DCCC XCV

Les

Voix de la Glèbe

DU MÊME AUTEUR

(Chez LEMERRE)

Aux Champs, poésies couronnées par l'Académie française. 1 vol. (épuisé) . . . . » »

Sous les Pommiers (2ᵐᵉ édition). 1 vol. . . . . 3 »

La Hanterie, prose. 1 vol. 3 50

L'Herbager, pièce en trois actes, en vers (3ᵐᵉ édition). 1 vol. 2 50

Rimes de Broche et d'Épée. 1 vol. (épuisé). . » »

(Chez VIC et AMAT, 3, rue Cassette, Paris)

Souvenirs d'Auberge (3ᵐᵉ mille). 1 vol. . . 2 »

PAUL HAREL

Les
Voix de la Glèbe

Illustrations de Gaston Latouche, C. Morand,
Jobbé-Duval et Marie Lassaussaye

PARIS

ALPHONSE LEMERRE, ÉDITEUR

23-31, PASSAGE CHOISEUL, 23-31

NEW-YORK, 13 WEST, 24th STREET

M DCCC XCV

Au loyal camarade, à l'ami dévoué,

au bon poète

ACHILLE PAYSANT

je dédie ce livre.

P. II.

PREMIÈRE PARTIE

LE LABOUREUR

Au Père Édouard, Récollet.

Il laboure, le corps penché, tenant l'araire
A poignée, et le vent, qui passe en tourbillons,
Ne hurle pas si haut qu'il puisse le distraire
Du rude et lent travail d'où naissent les sillons.

Les chevaux, du même âge et du même pelage,
Appliquent fortement au sol leurs pieds adroits,
Et sous un double effort font gémir l'attelage,
Quand le soc aux rochers se heurte par endroits.

Pour la vingtième fois, ils ont gravi la côte,
Monté l'âpre versant qu'il faudra dévaler.
Le laboureur à ses chevaux parle à voix haute :
« Compagnons, nous touchons la crête, il faut souffler ! »

Caressant tour à tour le poitrail de ses bêtes,
Le maître dit sa joie, et les blancs étalons
Vers l'homme pacifique allongent leurs deux têtes,
Et leur hennissement se perd dans les vallons.

Dans un lourd battement d'ailes exténuées,
Des corbeaux sont venus tacher les guérets bruns;
Mouches noires, suivant la marche des nuées,
D'autres filent dans l'air au-dessus des embruns.

L'averse tout à coup rayant le ciel immense,
Des corbeaux effarés s'en va le noir essaim.
Mais l'homme a ressaisi l'araire; il recommence,
O terre maternelle, à déchirer ton sein.

Qu'importe l'aquilon, le nuage, l'ondée!
Le laboureur s'obstine. Ayant la royauté
De la glèbe, il la veut soumise et fécondée,
Et l'obstacle n'est rien devant sa volonté.

Celui qui porte ainsi l'antique servitude
Domine le labeur auquel il se soumet.
Le ciel est noir, le soc pesant, la côte est rude,
Qu'importe! Il va bientôt reparaître au sommet.

Clamez, sonnez là-haut vos marches triomphales,
O corbeaux, et chantez ce hardi laboureur ;
Bras nus, le col ouvert au baiser des rafales,
Il voit dans la tempête une amante en fureur.

Sur le coutre, en amont, sa taille est inclinée,
Mais l'effort, qui roidit les muscles en marchant,
Ne pourra pas d'une heure abréger sa journée :
Debout avec l'aurore, il dételle au couchant.

Il s'en va. Le brouillard flotte sur la colline,
Le vallon fume au loin comme un grand encensoir.
Il s'en va lentement, et l'astre qui décline
Jette sur lui la pourpre éclatante du soir.

Voici le long sentier qu'il foule d'un pied ferme
Et la route où sonna tantôt son pas joyeux.
Ce gâs, large et sonore, obéi dans la ferme,
C'est bien le descendant tout semblable aux aïeux.

Ses aïeux sur la glèbe ont imprimé leurs traces
Et tous ont labouré chez eux, de père en fils.
Lui, c'est le rejeton puissant des fortes races.
Il a dit : « Je ferai, père, ce que tu fis.

« J'aimerai du soleil la superbe brûlure,
J'offrirai ma poitrine ouverte au vent glacé,
Je verrai des moissons la longue chevelure
Enracinée au sol que j'aurai défoncé.

« De tes ambitions, père, je veux dépendre ;
Ainsi j'éviterai le stupide remords
D'avoir manqué ma vie, et je veux la répandre
Autour de la maison où les nôtres sont morts.

« Souvenirs des anciens ! la demeure en est pleine.
Père, j'y vois surtout ton œuvre et tes leçons,
Car c'est toi qui, poussant tes enfants vers la plaine,
Nous as fixé la place où je veux mes garçons.

« Vous étiez de ce coin de terre, nous en sommes !
Tout un passé revit chez les terriens nouveaux.
Rester des paysans pour demeurer des hommes,
Voilà le saint orgueil qui grise nos cerveaux.

« Honte à ces déserteurs d'hier, partis quand même !
L'amour le plus profond, le plus haut, le plus vrai.
C'est l'amour du pays. Dans le pays que j'aime,
Je sais que tous les miens ont vécu. J'y vivrai.

« C'est le pays natal qui m'a donné l'épouse
Jeune, robuste et fière et belle, en vérité,
Attentive aux berceaux et simplement jalouse
Du respect dont l'aïeule entoura sa beauté.

« Aussi, quand j'ai bravé l'eau, l'air, la terre inculte,
En mesurant l'effort à l'âpreté du lieu,
Je retrouve au logis mes amours et mon culte,
J'ai fourni mon labeur et j'ai contenté Dieu. »

CROISSEZ ET MULTIPLIEZ

Or, le Seigneur a dit :
              « Perpétuez les races,
Croissez, multipliez en de féconds hymens.
Aimez : Je vois les cœurs. Allez : Je suis vos traces,
Et ma paix descendra toujours en vos chemins.

« Et je vous bénirai, familles désirées,
J'adoucirai le joug noblement accepté,
J'enverrai l'abondance et la joie aux contrées
Où brilleront les fleurs de la maternité.

« Vous verrez, quel que soit le lieu, le temps ou l'ombre,
La justice attachée aux rigueurs de ma loi.
Par la soumission, par l'effort, par le nombre,
Irrésistiblement vous monterez vers moi.

« Des labeurs et des maux j'ai mesuré la somme.
L'éclat du ciel perdu reste sur l'avenir,
Et du ciel reconquis j'éblouirai tout homme
Qui, libre, au plan divin tentera de s'unir.

« Oui. je vous recevrai dans ma gloire infinie,
Vous, les exécuteurs des choses qui m'ont plu ;
Vous tous qui, de mes lois complétant l'harmonie,
Procréez l'être autant que mon cœur l'a voulu.

« Gardez bien le respect de vos prérogatives,
Ne dénaturez pas l'acte où je vous admets,
Car sur les volontés rebelles ou craintives,
Sachez-le, ma pitié ne descendra jamais.

« Mortels, aimez la vie et son profond mystère.
Malgré la tâche rude où vos corps sont pliés,
Soyez forts et nombreux pour dominer la terre.
Hommes de tous les temps, croissez! multipliez! »

C'est en vain, Seigneur Dieu, qu'à travers l'étendue
Le verbe a retenti sur tous les horizons,
Aujourd'hui dans les cœurs votre loi s'est perdue
Et l'égoïsme abject dépeuple nos maisons.

La foi s'en va, l'amour s'éteint, la peur s'efface,
L'hymen béni par vous s'accomplit contre vous,
Et vous devez souvent détourner votre face
Quand l'épouse, ô Dieu pur, s'approche de l'époux.

Les semeurs du néant ont avili leurs flammes;
Transformant la demeure en quelque mauvais lieu,
Ils ont refusé l'être et supprimé les âmes
Qui déjà palpitaient dans le désir de Dieu.

Les sourires d'enfants aux clartés liliales
Leur ont déplu; le nid repousse les oiseaux;
Dans l'étonnant mépris des gloires familiales,
Ils ont au foyer vide épargné les berceaux.

Ils ont d'un droit unique affligé l'héritage
Et le droit nuptial chez eux n'est qu'un linceul,
Car l'héritier, soumis à la loi du partage,
Ils l'ont rêvé tout seul, ils l'ont voulu tout seul.

D'autres, plus positifs, plus froids dans la révolte.
Ont refusé l'enfant au désir éternel;
Ceux-là, gardant pour eux les champs et la récolte,
Ont limité la vie à leur moi criminel.

L'homme, tueur du germe, a renouvelé l'acte
Qui dans le lit funèbre éteint le doux flambeau.
La femme, au flanc stérile, a fait, liée au pacte,
Le refus de sa force au devoir le plus beau.

Alors Dieu, fatigué de tous ces misérables.
A voulu châtier la bête et son désir.
Le Maître a désuni les couples exécrables
Et mis le deuil chez ceux qui songeaient au plaisir.

L'existence inutile, inféconde et brutale
Veut que l'être agité porte ailleurs son tourment.
Lassitude ou dégoût, voici la loi fatale :
Le vice dans les cœurs fleurit obscurément.

Après avoir joué de la vertu des femmes,
Les hommes ont connu la honte et le remord
A l'heure où, surprenant les rendez-vous infâmes,
Contempteurs de la vie, ils ont donné la mort.

Vengeance! Mais le nom garde une flétrissure ;
Devant lui le vengeur ne s'est point acquitté.
Vengeance! Mais le cœur gardera la blessure
Qui saignera toujours, toujours, en vérité!

Et plus loin : Le Seigneur a détruit la famille,
Un souffle qui passait vient d'emporter l'enfant,
Le fils unique est mort, morte l'unique fille,
Le deuil cruel succède au rêve triomphant.

Au poids du châtiment la vie est bien légère.
L'enfant parle, tout rit, nul ne peut supposer
Que déjà vers la mort penche la tête chère.
Si joyeuse au regard et si douce au baiser.

Quand l'ange de la mort a désigné ta porte
Et marqué cette tête où vivait ton orgueil,
Avec l'indifférent je n'ai point dit : « Qu'importe! »
Pauvre père, ton deuil est devenu mon deuil.

Mais, le jour où la fleur de ton sang s'est flétrie,
J'ai connu des sanglots plus profonds que les tiens.
C'étaient des cris d'alarme! Et c'était la patrie
Qui demandait : « Où sont mes fils et mes soutiens? »

Où sont les bras? où sont les hommes pacifiques,
Les moissonneurs penchés qui se redresseront
Au pas envahisseur des peuples prolifiques?
La patrie en danger, combien la défendront?

Peuple, si l'aigle noir plongeait son bec vorace
Dans ta chair, nos destins seraient-ils terminés?
Soumettras-tu jamais ton génie et ta race?
Céderas-tu la terre où les aïeux sont nés?

Non! Mais comment lutter, pays des foyers vides?
France, les étrangers ont mal parlé de toi;
Et s'ils t'ont regardée avec des yeux avides,
C'est que la loi du nombre, hélas! n'est plus ta loi.

Et j'ai peur du péché qui t'a diminuée
Et j'ai l'effroi du mal qui décime les rangs,
Juste à l'heure où, là-bas, monte vers la nuée,
Formidable et vengeur, le cri des conquérants...

SONNET

A Édouard Pailleron.

La douleur ne m'a pas vaincu. J'aime la vie,
Et, debout jusqu'ici devant l'adversité,
J'ai mieux senti ma force à l'heure où j'ai lutté.
Quand la peur a passé, je ne l'ai point suivie.

J'ai vu sur mon chemin la colère et l'envie ;
Elles n'ont jusqu'ici rien pris à ma fierté,
Car, dans ma solitude et dans ma pauvreté,
La haine a pu crier, — je ne l'ai point servie.

Semblable au voyageur qui passe, vers le soir,
Incertain de son gîte, il me reste l'espoir
D'une aurore prochaine aux clartés secourables.

Au sombre cœur des gueux tout mon cœur est pareil :
Après la longue nuit, si lourde aux misérables,
Je reprends ma gaîté dans le premier soleil !

CREDO

Je ne suis pas de ceux que la vie embarrasse,
Je répugne aux langueurs des hommes d'aujourd'hui.
Ma croyance est profonde et j'y trouve un appui
Sur lequel ont compté les meilleurs de ma race.

Le faible dans son cœur examine la trace
Du chagrin, du remords, de la peur, de l'ennui.
Je chercherai plus haut et verrai mieux que lui.
Je ne suis pas de ceux que la douleur terrasse.

Je sais qu'il faut chanter : je chante. C'est ma foi.
Je sais qu'il faut lutter : je lutte. C'est ma loi.
Pour achever mon hymne et pour garder mes armes,

Je n'ai, pauvre pécheur, qu'à regarder la croix
Où l'Homme-Dieu versa tant de sang et de larmes.
Le doute et la froideur ne viendront pas. Je crois.

A CELLE QUI CHANTE

A Mademoiselle T***.

Chère, loin des jaloux, des sots et des méchants,
Afin de contempler encor la vieille terre,
J'ai pris dans la campagne un chemin solitaire
À l'heure où la nuit douce éteint l'or des couchants.

Pas un cri. Les oiseaux ayant cessé leurs chants,
Le soir semblait chargé de rêverie austère,
Et la nuit grandissante augmentait son mystère
D'un peu de brume éparse à mes pieds, sur les champs.

Tout à coup, l'Occident a dépouillé la nue
Où Vénus se cachait, et l'Étoile est venue,
Comme une fleur de feu, s'ouvrir dans le ciel noir.

Joyeuse, elle a brillé dans l'infini sans voile,
Et, le cœur apaisé sous ce rayon d'espoir,
J'ai désiré ta voix pour saluer l'Étoile.

A UNE MÈRE

O femme, qui passais tantôt dans le chemin,
Par l'époux escortée et d'un enfant suivie,
Mets ta jeunesse en fleur au-dessus de l'envie
En la sacrifiant aux gloires de l'hymen.

Épouse respectée et mère encor demain,
Aux lois d'un double amour qu'on te voie asservie,
Et, consacrant ta force à l'orgueil de la vie,
Prends une large part dans le bonheur humain.

Le fils à tes côtés croîtra comme l'arbuste.
La fille héritera de ta beauté robuste.
Présentant au Seigneur ta couronne d'enfants,

Tu seras devant lui grandement honorée,
Femme au labeur fécond, mère aux jours triomphants,
Que les désirs mauvais n'auront point effleurée.

CROIX CHAMPÊTRE

A mon curé.

Au temps lointain des Confréries,
« Du temps que j'étais écolier »,
Pasteur, je suis venu prier
Près de l'humble croix où tu pries.

Entre les champs et les prairies,
Dans le mystère du hallier,
Ses deux bras ont l'air de plier
Sous le poids des mousses fleuries.

Mais, droite au-dessus des sillons,
Elle s'habille de rayons
Aussitôt que paraît l'aurore.

Et, devant le jour finissant,
Mystérieuse, elle offre encore
Sa pierre aux genoux du passant.

DEVANT LA STATUE

DE NOTRE-DAME DES CHAMPS

Toi dont l'amour compta les sanglantes reliques,
Les tenailles, les clous, l'éponge et le marteau,
La couronne où brillait l'ironique écriteau
Qu'ont épelé depuis les siècles catholiques.

Accorde ta lumière aux soirs mélancoliques.
Sur ton Fils et ton Dieu repliant ton manteau.
Apparais dans ta gloire au sommet du coteau,
Et souris-nous de loin, au fond des basiliques.

Viens dans tous les hameaux, sois dans chaque maison.
Afin qu'on voie, à l'heure où fleurit l'oraison,
Des terriens inclinés sous les blanches statues.

Ramène à tes autels tous les vrais paysans
Et laisse, quand du jour les clameurs se sont tues,
Vers toi monter les cœurs, la prière et l'encens.

RÊVE DE NOEL

Joseph et Marie se présentèrent à l'hôtellerie
de Bethléem : elle était pleine de gens de toute
espèce Il leur fut répondu qu'il n'y avait pas
de place pour eux.

I

J'aurais voulu tenir l'auberge
De Bethléem, au temps jadis.
Afin d'y recevoir la Vierge
Et le Maître du Paradis.

Sur le seuil de l'hôtellerie
Accueillant la divinité,
J'aurais aimé que l'on sourie
A ma franche hospitalité.

Il m'eût été fort agréable
Que la mère de mon Jésus
Dît à son Époux vénérable :
« Cet homme nous a bien reçus. »

Si même à la Reine immortelle
La foule eût causé quelque ennui,
J'aurais prié ma clientèle
D'aller ailleurs passer la nuit.

J'aurais dit aux marchands, aux scribes :
« Vous allez partir à l'instant !
Je veux bien essuyer les bribes
De vos injures en sortant.

« Allez coucher sur la litière :
Moi, je suis libre, en vérité,
D'offrir ma maison tout entière
A la divine pauvreté ! »

II

Pendant qu'au dehors l'orgueil gronde,
L'aube du Rédempteur a lui.
Il est né le Sauveur du monde !
Chez moi, le doux Maître est chez lui !

Noël! Que chacun prenne un cierge!
Illuminons, maître et valets;
Il faut ce soir que l'humble auberge
Resplendisse comme un palais.

Déjà l'étoile des Rois Mages
Arrête sa clarté sur nous,
Offrons vite à Dieu nos hommages,
Soyons les premiers à genoux.

« Auriez-vous dans votre demeure
Le Roi des Rois, brave hôtelier?
— Mages, vous verrez tout à l'heure
Que j'ai cet honneur singulier.

« Vous verrez l'enfant dans ses langes,
Beau, magnifique, éblouissant.
Des bergers, sur l'ordre des anges,
Sont venus le voir en passant.

« C'est le Grand, le Fort et le Juste.
Une si haute Majesté
Que celle du César Auguste
Est fort peu de chose à côté.

« Mages, cette auberge est la vôtre ;
Rois des pays orientaux,
Veuillez entrer l'un après l'autre,
De peur d'accrocher vos manteaux... »

III

Beaux Chaldéens, je vous admire.
Le regard, qui suit vos présents,
Va des grains légers de la myrrhe
Aux grains rubiconds de l'encens.

Et le cercle ami se resserre
Autour du royal nouveau-né,
Quand il regarde, en sa misère,
Le pur lingot d'or affiné.

Mages Chaldéens, astrologues,
Porteurs du mystique encensoir,
Les anges en leurs dialogues
Ont bien parlé de vous ce soir.

Aussi leur invisible troupe
S'assemble-t-elle en mon réduit,
Pendant qu'un Dieu sourit au groupe
Que la haute étoile a conduit.

Très ému, je reste en arrière
Où saint Joseph me dit tout bas :
« Dirige vers moi ta prière,
Ami, je ne l'oublierai pas. »

Alors, moi, le dernier des rustres,
Près du grand saint (voilà l'écueil!)
Et parmi tous ces rois illustres,
J'éprouve un tantinet d'orgueil.

IV

Et c'est là que finit mon rêve.
Par l'ange en secret avertis,
A l'heure où le soleil se lève,
Les trois Chaldéens sont partis.

Hélas! ni Joseph ni la Vierge
Ne m'ont fait le suprême honneur
D'une visite, et mon auberge
N'est pas l'auberge du Seigneur.

RÉPONSE A L'ORGUEILLEUX

Sur une montagne, haute et inaccessible,
je bâtirai pour moi seul une citadelle et je
m'y réfugierai dans mon orgueil

Pensée d'un poète moderne.

Je vois ta citadelle, âpre et démesurée,
Maison froide où la neige apparaît sur le seuil,
Tour où ta vanité sonore s'est murée,
Temple vide où s'en va pérorer ton orgueil.

Du mont immaculé tu veux toucher la crête
Et bâtir pour toi seul, moderne mécréant?
Bâtis! Je ne crains pas qu'une autre âme s'arrête
Devant l'autel, dressé si haut à ton néant.

Tu fais à l'horizon flamboyer ta colère,
Comme un Satan mesquin préoccupé de lui.
Mais l'orgueil c'est la nuit sans fin, que rien n'éclaire ;
Sur ton matin maussade aucune aube n'a lui.

Nouveau prêtre du Moi, crois-tu, dans nos annales,
Bâtir un édifice, asseoir un monument
Pour un petit voyage aux cimes virginales?
Homme, si devant toi je m'arrête un moment,

De ton pic théâtral je fixe l'altitude :
Le ciel en est très loin... Et puis c'est un malheur
De faire parader dans quelque solitude
L'alexandrin pompeux autour de sa douleur.

Jeune aiglon, tu n'as rien emporté dans tes serres
Que le vieil égoïsme, écouté des mauvais.
Voici les orgueilleux; je cherche les sincères,
Les simples et les doux. Sont-ils par là? j'y vais.

Il est temps d'en finir avec les Impeccables,
Avec les vers de bronze et les cœurs de granit,
Esprits enflés, ballons gonflés. Coupons les câbles,
Et laissons tout cela s'effondrer au zénith!

Vous, les bons ouvriers, mains blanches ou calleuses,
Travailleurs de la ruche humaine qui bruit,
La terre où vous restez vaut bien les nébuleuses.
Vivez dans sa lumière et marchez dans son bruit.

Paysan, si tu geins, artisan, si tu plies
Sous le fardeau que Dieu permit ou qu'il voulut,
Offrez donc au Seigneur les choses accomplies.
Et toi, pour les chanter, poète, « prends ton luth ! »

Pendant que l'orgueilleux sort de son écritoire
Le mensonge terrible et la frigidité,
Toi, savant généreux, fouille et grandis l'histoire
Pour la Patrie aimée et pour la Vérité.

Pendant que l'orgueilleux se lamente et s'isole
Dans l'oubli très hautain de tous les malheureux,
O prêtre, dont la voix encourage et console,
Jette la charité sur le mal ténébreux.

Travaillez, haussez-vous sous le labeur austère !
Pécheurs, si vous voulez que Dieu vous aime enfin,
O mes frères, gardez vos pitiés pour la terre ;
Allez vers la douleur, vers la soif et la faim.

Aimez ! détournez-vous du poète au cœur lâche,
Pitre dont l'oripeau garde un éclat trompeur ;
Amer ou dédaigneux, s'il déserte sa tâche,
C'est qu'au fond il est faible et nu, c'est qu'il a peur,

Peur du chant glorieux dont retentit la rive,
Peur de l'humilité qui courbe les genoux,
Peur, ô mortel heureux, du bonheur qui t'arrive,
Car les plus dédaigneux, ce sont les plus jaloux.

Donc, si le vain rhapsode, épris de ses cadences,
Élève aux cieux déserts des rythmes flamboyants,
Pour étouffer dans l'air le cri des décadences,
Restons des primitifs, des forts et des croyants!

LA CHARRUE

A Eugène Lefébure.

En pointant sur le roc, le soc, à la montée,
Se cassa. La charrue, en un brusque détour,
Fut renversée au bout du champ. Depuis ce jour,
Dans un fossé, la roue en l'air, elle est restée.

Le laboureur ingrat ne l'a point emportée.
Pour l'instrument brisé l'homme n'a plus d'amour,
Mais la charrue encore a l'orgueil du labour,
Et les moissons au bruit du vent l'ont exaltée.

La terre se souvient, par les midis brûlants;
Du fer brutal qui fit moutonner à ses flancs
La glèbe lumineuse où germa la semence.

Et c'est elle qui dit aux épis lourds de grain :
« Faites sur la charrue une harmonie immense
Qui rappelle sa gloire et berce son chagrin. »

IMPRESSION DU SOIR

1 *Gustave Worms*

Le long des hauts guérets, dans le soir qui s'allume,
Le dernier laboureur revient de son travail.
Lentement, côte à côte et le souffle au poitrail,
Les chevaux harassés passent, tachés d'écume.

Dans le creux du vallon lointain le brouillard fume
Sur le grand lit herbeux où rêve le bétail.
Les bergers vigilants retournent au bercail
Et les troupeaux, là-bas, s'effacent dans la brume.

La Terre est seule. Avant les ombres de la nuit,
La bonne Terre, en proie à quelque vague ennui,
Prend le deuil de tous ceux qui l'ont abandonnée.

Mais, comme sa tristesse est pleine de pardon,
Je l'aime davantage, après cette journée,
Pour sa mélancolie et pour son abandon.

LES CORBEAUX

Dans la nuit des grands bois enveloppés de brume,
Les corbeaux fatigués prolongent leur sommeil :
Mais l'aube luit, le jour paraît, le ciel s'allume,
Les oiseaux vont s'enfuir dans le matin vermeil.

Déjà les éclaireurs postés en sentinelles,
Les veilleurs détachés aux lisières du bois,
Bougent sous les premiers rayons, battent des ailes,
Et se jettent dans l'air glacé, tous à la fois.

Malgré le vent d'hiver et son âpre morsure,
Ils sondent le brouillard, ils flairent le danger,
Afin de signaler la route la plus sûre
Aux nombreux compagnons qu'ils doivent protéger.

L'appel a retenti, la bande s'est formée.
Par de hautes clameurs réveillés en sursaut,
Les fauves inquiets regardent cette armée
Qui tente vers le ciel un formidable assaut.

Les oiseaux sont partis ; ils vont, à l'aventure,
Fouiller, battre la plaine aux onduleux replis,
Demander aux sillons un peu de nourriture,
Et traîner sur le sol leurs ventres mal remplis.

Or, le givre a couvert la plaine désolée,
Le givre étincelant cache sous son manteau
Le blé vert dans les champs, l'herbe dans la vallée
Et l'arbre qui frissonne au loin sur le coteau.

Pourquoi fouiller la terre, et qui donc pourra vivre ?
Mais les hardis oiseaux ne se sont point troublés.
Des ongles et du bec ils font sauter le givre,
En défonçant la glace ils retrouvent les blés.

Certes, la table est maigre à l'endroit où l'on frappe.
Des lueurs du matin aux grisailles du soir,
La campagne offre aux yeux les blancheurs de sa nappe,
Où traînent les corbeaux, ces gueux en habit noir.

Ces gueux en habit noir ont au moins l'attitude
De fiers aventuriers qui viennent sans effroi
Paître les champs déserts, peupler la solitude
Quand la terre est livrée aux étreintes du froid.

Ces gueux, obéissant à l'instinct qui les groupe.
Quelquefois sur l'un d'eux placent l'autorité,
Car ils sont toujours prêts à recevoir en troupe
L'ordre mystérieux de quelque volonté.

Un signal les disperse, un appel les rassemble.
Lorsque les éclaireurs se détachent des rangs,
Au premier cri d'alarme, ils partent tous ensemble.
Et chargent l'horizon comme des conquérants.

Ils s'en vont lourdement, dans la brume opaline.
Les yeux pleins de rayons, le gosier plein de cris.
Retrouver les étangs derrière la colline.
Et la bande s'allonge à travers le ciel gris.

Bientôt, ramenant tout à son centre qui claque.
Le vol s'arrêtera, comme un nuage noir,
Au-dessus du marais liquide, dont la flaque
Absorbe le soleil et luit comme un miroir.

De l'arbre ou du roncier qu'importe l'embuscade?
La flaque miroitante attire les oiseaux.
Ils impriment à l'air une immense saccade,
Puis le vol tout entier s'abat dans les roseaux.

Les roseaux desséchés, plus légers que la paille,
Sous le vent inégal ont de brusques frissons;
Aux fanges du marais, choisi pour la ripaille,
La source vagabonde apporte des chansons.

Les gloutons dans le flot retrouvent leur image.
Ils vont en sautillant le long des ruisselets,
Pendant que le soleil, réchauffant leur plumage,
Sur l'aile qui palpite allume des reflets.

Pour apaiser aussi la faim qui les tourmente
Les éclaireurs sont tous venus, jusqu'au dernier.
Le ciel rit, l'heure est douce et joyeuse et charmante,
Nul n'entend sur les bords le pas du braconnier.

Il fait bon vivre ainsi quand la lumière accroche
Mille rayons dans l'arbre où fleurit le grésil.
Le temps est beau, l'hiver est loin, — la mort est proche :
Voici que le rôdeur épaule son fusil.

Le troupeau mange, crie et grouille. Deux coups partent,
Deux coups par les échos au loin répercutés,
Et les plombs meurtriers passent, sifflent, s'écartent,
Nombreux, cribleurs, portant la mort de tous côtés.

Pourquoi le braconnier pressait-il la détente?
Son œil ne les suit pas dans leur vol éperdu.
Il a tiré sur eux, fatigué par l'attente
De l'oiseau migrateur qui n'est pas descendu.

Cet ennui du guetteur exigeait des victimes.
Après avoir tué, lâchement, sans remords,
Il s'en va, dans la paix des meurtres légitimes,
Laissant derrière lui des mourants et des morts.

Les autres sont partis, les ailes secouées
Par la peur, au-dessus des morts et des mourants,
Tournoyants, désunis, essayant des trouées
Sur l'espace, où s'en vont les appels déchirants.

Là-haut, le vent du Nord souffle; sa rude haleine
Emporte les corbeaux qu'elle fouette âprement.
Pourtant, s'ils revenaient en masse vers la plaine,
Au-devant du chasseur qui s'en va lentement?

Avant qu'à l'Occident meure le crépuscule,
S'ils allaient, tout à coup, fondre du haut des airs
Sur l'homme, et détourner son arme ridicule,
Et dévorer son corps par les chemins déserts?

Ils le pourraient, étant la force, étant le nombre;
Autour de ce marcheur aux pas mal affermis
Le nuage vivant déploierait sa grande ombre...
Mais ce festin de mort, Dieu ne l'a pas permis.

Au fond de l'horizon, qui hausse encor sa taille,
L'homme s'enfonce; il jette une chanson dans l'air.
Nous les retrouverons au jour de la bataille
Les oiseaux carnassiers, friands de notre chair.

Où la grêle du plomb les déchira naguères,
En ce ravin, le fer et l'acier siffleront;
Et sur les bons charniers de nos prochaines guerres,
Quand la nuit descendra, les corbeaux descendront.

Ce soir, la brume éteint les feux crépusculaires,
De funèbres clameurs troublent le bois profond
Et du vent furieux dominent les colères,
La forêt se lamente et les corbeaux s'en vont.

La masse, que le plomb mortel n'a pas touchée.
File ; mais les blessés, en deux lignes sans fin,
Passent, l'aile ballante ou la griffe arrachée,
Le cou tendu, criant la fatigue et la faim.

La forêt sur le ciel agite sa crinière ;
On dirait qu'elle s'ouvre aux blessés qui, très lents,
Achèvent de mourir en cette aube dernière,
Et sur les noirs sapins posent leurs pieds sanglants.

LE DIX-CORS

Le mufle dilaté, la ramure en arrière,
Il fuit, perdant la meute, et, dans l'éloignement,
Quêtés, clameurs, galops, tout s'éteint vaguement.
Le dix-cors invaincu foule en paix la bruyère.

Le jour tombe. Nul chien ne hurle à son derrière.
Sur la rougeur du soir il s'arrête un moment.
Puis, le corps secoué par un long tremblement,
Après avoir flairé le vent dans la clairière,

D'un bond, en plein fourré, l'animal disparaît.
Et les corbeaux criards qu'attire la forêt,
A la cime des pins traînant leur lourde chaîne,

Acclament le grand cerf qui, d'un saut hasardeux,
Pour souffler librement jusqu'à l'aube prochaine,
Vient d'entrer dans la nuit formée au-dessous d'eux.

JEAN COULIBEUF [1]

(FRAGMENT)

Les personnages sont à table.

GUILLAUME COULIBEUF.

Le marquis...

JEAN COULIBEUF.

Parlons-en, c'est un fier imbécile!

GUILLAUME, *furieux.*

Je ne vois pas cela!

JEAN.

C'est pourtant bien facile
A voir. Ces hobereaux, quels serins!

A Guillaume.

Tais ton bec!

---

1. *Jean Coulibeuf,* comédie en quatre actes, en vers. Les circonstances n'ont pas permis à l'auteur d'achever ce drame, où il mettait le paysan, ambitieux et jaloux, aux prises avec le gentilhomme, resté fidèle à sa terre et à toutes les traditions de loyauté et d'honneur

Le vicomte, un lourdaud; Bois-Barage, un fruit sec.
Dire que ces gens-là brillaient au moyen-âge!
Nous les avons détruits, noyés; il en surnage
A peine quelques-uns; c'est le menu frétin.
Ce blanc-bec de marquis, je l'ai connu hautain.
Je l'ai vu, cravachant le cheval qui s'effare,
Passer avec ses chiens, ses piqueurs, sa fanfare.
Ah! leurs souffles faisaient vibrer les pavillons.
Quand le cerf débuchait, on courait aux sillons,
Sans respect pour la terre où germaient nos récoltes.
Indigné, j'ai poussé le pays aux révoltes;
J'ai fait cracher l'excuse et mis l'indemnité
Comme un impôt sur tous ces gens de qualité.
Qui chassaient sans mesure et pillaient sans vergogne.
C'est le tour des manants.

A Félicien, son neveu.

Verse-moi du bourgogne.

Avalant son verre d'un trait.

Quarante ans!

FÉLICIEN COULIBEUF, le nez sur son verre

Quel fumet! J'en suis...

JEAN, buvant un second verre.

Tout enivré!

De ces grands vins jadis le peuple était sevré.
Nos maîtres nous laissaient geindre dans les vignobles.

A Guillaume.

Es-tu de mon avis?

GUILLAUME.

Quant au vin?

JEAN.

Quant aux nobles?

GUILLAUME.

Non.

JEAN.

Je n'ai pas raison? Tu n'es pas converti?

GUILLAUME.

Moins que jamais.

JEAN. *se levant, furieux.*

Alors... Alors, j'en ai menti?

GUILLAUME, *debout et reculant.*

Je vais me rétracter, si la chose te fâche.

JEAN.

Courtisan des châteaux, faux frère, triple lâche

Que trouble l'amitié des seigneurs de haut rang !
Les honneurs qu'on te rend, c'est à moi qu'on les rend.
Manoir au fond des bois, château sur la colline,
Je tiens tout ! On connaît ma force, et l'on s'incline.
Je te sais contre moi, mais je peux, entends-tu ?
Dire, même au félon, pourquoi j'ai combattu.
Oui, je puis librement, au point où nous en sommes,
Te déclarer pourquoi je hais les gentilshommes.
Fils de fermier, j'ai vu mon père, qui peinait,
Sous la bise, en plein champ, défaire son bonnet
Devant un muscadin qui passait en voiture,
Sans voir, et j'ai souffert de cette humble posture.
Encore enfant, j'ai vu mon grand-père chassé
D'un taillis où le chien de garde avait passé.
Pour quelques vagabonds reçus à la nuitée,
J'ai vu notre maison lâchement suspectée.
A Noël, on payait son terme : alors j'allais
Dans un coin de l'office, au-dessous des valets,
Manger ; mais à l'aspect de ces choses friandes,
Devant les plats d'argent, les poissons et les viandes,
Moi, j'évoquais la lande où, pasteur de brebis,
Le grand-père rongeait tristement son pain bis.
Vers ce temps-là, tu fus, écolier débonnaire,
Pris par le bigotisme et par le séminaire.

Moi, mon orgueil déjà répugnait au latin.
« Qu'est-ce que vous ferez de ce petit crétin ? »
Fit la marquise, un jour, en grondant notre mère.
Et ma mère pleurait. Oh ! la rancune amère
De l'enfant méconnu, triste, silencieux
Et pauvre, à qui la peur a fait baisser les yeux !
Je les ai détestés ! — Pris par un autre monde,
Tu ne m'as pas suivi dans ma haine profonde.
Je me suis senti seul, j'ai souffert, j'ai pioché,
J'ai spéculé, joué, gagné, — j'aurais triché
Pour que l'or me donnât plus vite cette joie
De gronder à mon tour. Enfin, je tiens ma proie,
Car le crétin d'hier, en homme intelligent,
Aux yeux du noble a fait miroiter son argent.
Il vivait, désertant le travail et la lutte.
Moi, j'ai payé sa dette et préparé sa chute.
Ces gens-là s'amusaient, ma foi, très... noblement.
Des piqueurs, une meute et tout le tremblement.
J'ai payé des laquais, valetaille inutile
Qui porte des habits brodés où l'or rutile.
J'ai payé les chevaux, orgueil de la maison :
Tout, jusqu'aux mendiants qui viennent à foison.
J'ai payé des harnais constellés d'armoiries,
Humble, sans m'attarder à des forfanteries.

Mais, sous le vain défi d'un intendant jaloux,

Ce faraud de marquis me croyant à genoux,

J'ai broyé d'un seul coup sa morgue héréditaire.

Comme il parlait très haut, trop haut. je l'ai fait taire!

Il a senti peser sur lui l'homme inconnu,

Le prêteur, le banquier, le gueux. le parvenu.

Ah! le triste vaincu, j'ai ri de sa faiblesse!

Ce fils des preux n'a rien trouvé dans sa noblesse

Qui le fît tressaillir ou bondir sous l'affront.

Il voulait s'amuser : il a baissé le front!

Après une pause.

Désormais dans les bois nous ferons du tapage.

Après dix ans d'attente admis dans l'équipage,

Je vais pouvoir enfin sur les chiens en défaut

Frapper à tour de bras.

Montrant un papier.

Félicien, lis tout haut.

FÉLICIEN, *lisant.*

« Le marquis de Tresmont prie M. Jean Coulibeuf de bien vouloir lui faire l'honneur de venir chasser le jeudi 15 octobre. Rendez-vous au château, à neuf heures. »

JEAN COULIBEUF *arrache l'invitation des mains de Félicien et la lit à son tour, en accentuant certains passages. Puis à Félicien*

Tu viendras. Je t'invite avec les habits rouges.

Tu prendras un cheval... au château.

> *Allant vers Guillaume.*

Si tu bouges.
S'il fallait que par toi, frère, nous reculions,
Songe à ton fils, pour qui j'amasse des millions.
J'ai parlé devant vous, amis! l'heure est venue.
Au trot de mon bidet franchissant l'avenue
Du château, je verrai ces pâles muscadins,
Marquis, comtes, barons, oubliant leurs dédains.
Donner de l'éperon pour me céder la place,
Et les valets diront : « C'est le maître qui passe! »

> *A Félicien.*

A propos, Félicien, servir le sanglier,
C'est bien. Ce n'est pas tout. Es-tu bon cavalier?

FÉLICIEN.

Je monte au Bois.

JEAN.

Parfait. Si la trompe résonne
Au loin, n'écoute pas, et suis bien l'amazone.

GUILLAUME.

Quoi! la sœur du marquis!

JEAN, *à Félicien.*

En cavalier hardi,
Fais sauter ta jument où la sienne a bondi,
Sois beau, sois imprudent même; si tu la troubles.
La partie est plus belle et nos chances sont doubles.
Quand une femme est veuve on peut bien l'épouser.
Que diable!

GUILLAUME.

Oseriez-vous?...

JEAN.

Nous pouvons tout oser.

FÉLICIEN.

Mon oncle, oser cela...

GUILLAUME.

Mais c'est une folie!

JEAN.

A son âge on en fait.
A Félicien.

D'ailleurs, elle est jolie.

GUILLAUME.

Et le vicomte?

JEAN.

Ah! oui, Gisné, c'est un rival.

A Félicien.

Thérèse de Tresmont, comtesse d'Ormeval,
Une femme! Sait-on quel désir les effleure?
Quant au vicomte, eh bien! tu l'as vu tout à l'heure.
Il croit que la comtesse en tient pour ses beaux yeux.
Ce Raoul de Gisné! C'est un prétentieux,
Un amoureux transi qui fait le bon apôtre.
Ami, tu le vaincras comme j'ai vaincu l'autre!
Peut-être ayant huit jours seras-tu remarqué,
Choisi, favorisé...

GUILLAUME.

Fils, tu seras moqué!
Je vais te dire un mot qu'il faut que tu retiennes.

JEAN.

Mon frère, je t'invite à garder tes antiennes.
Mes plans sont arrêtés, tous mes désirs font loi.

FÉLICIEN.

Mais, mon oncle...

JEAN, *à Félicien.*

Tais-toi!

GUILLAUME, *à Jean.*

Voyons, frère...

JEAN, *à Guillaume.*

Tais-toi!

Ne me résistez pas, morbleu! Quand je commande,
Je ne veux ni conseil, ni bruit, ni réprimande.

A Guillaume.

Ah! tu crois qu'ils riront et qu'ils se moqueront!
Tant mieux! Je sais comment les rires s'éteindront.
J'ai prévu leur gaîté, connaissant leur jactance.
Au surplus, cette joie aura quelque importance.
Il est doux de pouvoir savourer tout au long
Le bon rire des gens qu'on tient sous son talon.
Sois tranquille, je suis de force à les comprendre.

Terrible.

Mais quand je serai las, vois-tu, de les entendre.
Je ferai tout sauter!

GUILLAUME, *avec agitation.*

Te voilà bien, ma foi!
Quand tout aura sauté, qui donc restera?

JEAN.

Moi!

PLEBS RUSTICA

L'air ne retentit plus des chansons de la plèbe.
Les modernes ruraux, fils de ceux qui luttaient,
Ont refusé l'effort et déserté la glèbe.
Où sont les paysans, les vrais, ceux qui chantaient?

Aux anciens il fallait la plaine et la charrue,
Le grand air dont le souffle ondoie au front des blés;
Les nouveaux ont quitté le sillon pour la rue,
Et, jeunes, des désirs malsains les ont troublés.

Les pères étaient beaux, tout brunis par le hâle :
Leurs artères battaient, pleines d'un sang vermeil.
Les fils étiolés ont le visage pâle;
L'ombre a pris ces enfants, nés pour le grand soleil.

Leurs bras n'étaient pas faits pour les besognes viles,
Et le joug paternel pesait à leur fierté.
Les voyez-vous, épars sur le chemin des villes,
Tous ces riches d'espoir qu'attend la pauvreté.

Ils ont fui le village et vidé la chaumière,
Abandonné leur ciel, leurs parents, leurs travaux.
Le siècle devant eux agitant ses lumières,
Quelque rêve imbécile agite leurs cerveaux.

Or, ayant pris l'outil, la machine ou la plume,
Ils font, du travailleur blême aux scribes pâlots.
Des déclassés, en qui la colère s'allume
Quand pour eux le hasard a mal choisi les lots.

Les terres autour d'eux étaient pourtant fertiles.
N'importe! Ils ont cherché l'impossible bonheur,
Dépensant follement, en des jours inutiles,
Des trésors de santé, de jeunesse et d'honneur.

Ils ont, ces émigrants, ambitieux ou lâches,
Gêné les citadins, gêné les artisans.
Dieu les avait créés pour de plus nobles tâches,
Les paysans devaient rester des paysans.

De quels fardeaux leurs mains sont-elles délivrées?
S'ils ont jamais foulé le marbre des palais,
C'est que leur dos portait l'oripeau des livrées,
Et les hommes d'hier aujourd'hui sont valets.

Pauvres gens, au démon qui vous soufflait l'envie,
A l'Esprit tentateur, il fallait dire : « Non! »
L'homme n'a pas le droit de gaspiller sa vie,
D'abdiquer sa grandeur, de renier son nom.

Les cités vous ont pris dans tous leurs esclavages,
L'amère ambition vous a gâté le cœur.
Civilisés! Pourquoi? Quand vous étiez sauvages,
Le sol dur craquait-il sous votre pied vainqueur?

Dans la terre, où le soc a fait ses déchirures,
Le bon grain du semeur n'a-t-il donc plus germé?
Dans la plaine, où les blés étalaient leurs parures,
Les soleils dévorants ont-ils tout consumé?

Les bourgeons, où des fleurs s'était caché le rêve,
N'ont-ils pas su tenir leurs promesses de fruits?
Dans quel arbre maudit a donc manqué la sève?
Les prés ont-ils souffert? Les bois sont-ils détruits?

Rien n'est changé : les bois ont toujours des cépées,
Des bouleaux argentés et des chênes puissants,
Et les mêmes senteurs de nos herbes coupées
S'élèvent pour griser les derniers paysans.

Les branches ont ployé sous la charge des pommes,
Mais l'arbre couronné ne sait pas défaillir.
Un jour, plein de fruits mûrs, il attendra les hommes
Et ne verra pas ceux qui devaient les cueillir.

Rien n'est changé, pourtant! Là-bas, le trèfle rouge
Brille entre l'orge épaisse et le sainfoin tremblant;
Le trèfle, où le soleil éclatant luit et bouge,
Tache la plaine en feu de son carré sanglant.

La campagne toujours a des gloires superbes,
Mais quels féconds labeurs, mais quels joyeux hymens
Si tous les bras oisifs allaient s'offrir aux gerbes,
Si le flot des absents remontait nos chemins!

O terriens échappés, la Terre vous réclame!
Quand de ses habitants la chaumière est en deuil,
Celui dont le foyer n'a pas perdu sa flamme
Voit un rayon de paix illuminer son seuil.

Le vieux sol remué lui garde des largesses
Dans le divin trésor de la fécondité;
Sa famille augmentée augmente ses richesses,
La fortune sourit à sa paternité.

Armé de sa charrue, il brave la famine;
Le légitime orgueil du sillon bien tracé
Mêle un éclair de joie aux splendeurs de sa mine,
Et Dieu bénit la terre où cet homme a passé.

Il trouve des plaisirs où sa gaîté le mène,
C'est un joyeux; il a, ce maître du labour,
Ajouté sa lignée à la famille humaine,
Dans son lit le calcul n'a pas sali l'amour.

Mais, écoutez! Au fond des campagnes désertes.
Les mères ont pleuré, les pères ont gémi,
Et tous sont inquiets, ayant tous fait des pertes
Au départ de l'enfant, du frère ou de l'ami.

Ah! que le déserteur s'arrête et qu'il revienne
Vers la ferme, à l'endroit où ses pères sont morts!
Du métier désappris que l'absent se souvienne!
C'est le travail des champs qui nous rendra les forts.

Pourquoi plier devant la chimère impuissante ?
Nous voulons le terrien debout, poitrine au vent.
Un corps sain peut marcher sous une âme pensante.
Le laboureur futur, nous le voulons savant,

Fier, aimant son village avec idolâtrie,
Fraternel et croyant, mais, devant l'étranger,
Assez terrible encor pour venger la Patrie,
Si quelque peuple essaie un jour de l'outrager !

DEUXIÈME PARTIE

LES BÉCASSES

Au baron E. de Mandat-Grancey.

A l'heure où le soleil lentement disparaît,
L'oiseau mystérieux chante sur la forêt
L'hymne d'amour, rythmé par son aile alourdie.
Un nuage lointain prolonge l'incendie
Du ciel occidental doré par les couchants.
L'ombre envahit les eaux, les bois, les prés, les champs.
Les rayons et les bruits s'éteignent dans l'espace.
O braconniers, voici la croule! L'oiseau passe;
La bécasse amoureuse, errant au fond des soirs,
Au mystère des nuits ouvre ses grands yeux noirs.
Tuez l'oiseau rasant le hêtre aux rameaux souples!
Derrière le haut chêne effleuré par les couples,
Le long de la clairière ouverte aux plombs maudits.
Tirez, ô braconniers, ô chasseurs, ô bandits!

Les bécasses, par deux, regagnent les fontaines
Ou les ruisseaux voisins, ou les sources lointaines,
Dont la fraîcheur est douce après le poids du jour.
Les vallons endormis semblent faits pour l'amour.
Elles vont, deux par deux, très lentes, et la lune
Baigne de sa clarté blanche leur robe brune.
Et la chanson des nids sort des frêles gosiers.

L'homme, au bord de la lande, attend les échassiers,
Embusqué sur la route où doit passer l'idylle.
Et des coups de fusil troublent la nuit tranquille.
Et le sang des oiseaux tombés rougit le sol.

Regrettez-vous l'idylle arrêtée en son vol?
Moi, je sens comme un deuil planer sur mes pensées
A l'aspect des yeux clos et des ailes blessées.
Je crois que l'oiseau mort manque à l'oiseau vivant,
Qu'un signe de détresse est dans l'arbre mouvant,
Et que les pleurs dont l'aube inonde les clairières
Sont pour les oiseaux morts, là-bas, dans les bruyères...

LA TRANCHÉE

La tranchée est le réceptacle,
Le capharnaüm des débris.
La ronce, bravant tout obstacle,
A couvert ses flancs assombris.

C'est un endroit sauvage et morne
Où l'on vient jeter en passant
Un tas d'objets sans nom ; la viorne
Seule, curieuse, y descend.

Mais la tranchée a son mystère :
Ses deux larges flancs sont hantés,
Les lapins ont fouillé la terre
Et les talus sont habités.

Ici, le mulot creuse une arche,
Les bourdons forent le sol dur.
La vie invisible est en marche
Sur les parois de l'antre obscur.

Un arbre a sa maîtresse branche
Au-dessus : c'est un peuplier.
Par le vent d'amont il se penche
Pour voir les drames du hallier;

Par le vent d'aval il s'agite
Et, comme un goupillon géant,
Il jette des flots d'eau bénite
Sur les hôtes du trou béant.

———

Débris sans choix, débris sans voile,
Dans votre sombre entassement
J'ai vu briller plus d'une étoile
Ainsi que dans un firmament.

Là, j'ai pris un cul de bouteille,
Des couleurs du prisme allumé,
Rouge encor du jus de la treille
Qui l'avait jadis parfumé.

Là. j'ai vu, sous la pierre énorme,
Un chapeau luisant, fier captif,
Qui gardait, sous sa haute forme,
Un peu du lustre primitif.

J'ai vu, sur des feuillets d'ardoise, .
Livrée au dernier courtisan,
La bottine de la bourgeoise
Dans le sabot du paysan.

Plus loin, sur des quartiers de tuile,
Et de verre aux tons éclatants,
De gros bidons pleuraient une huile
Qui fut extra-vierge en son temps.

Partout régnaient des odeurs fades,
Relents inconnus des hauteurs,
Flacons brisés, pots de pommades.
O petits sachets de senteurs !

Ne vous montrez pas si farouches,
Votre sort eût comblé nos vœux :
C'est vous qui parfumiez les bouches,
C'est vous qui doriez les cheveux !

Maintenant, près du chardon maigre
Vous trouvez encor de doux lits,
Et vous imprégnez de vinaigre
Le cœur même des pissenlits.

． Tout passe, il faut bien se résoudre
Aux sombres promiscuités :
Le sac à plomb, la boîte à poudre
Pleuvent sur vous de tous côtés.

Dans la tranchée, un vieux solfège
Aux bouvreuils livre ses lambeaux.
Il fut le martyr d'un collège
Où les chants n'étaient pas si beaux.

A ses côtés, un petit livre,
Jadis commenté, discuté,
Repose, heureux de se survivre
Dans le calme et l'obscurité.

Les journaux de plusieurs provinces,
Frottés de fiel et de piment,
Devenus courtois et bons princes,
Couchent ensemble. C'est charmant!

On a lâché les anciens rôles,
Les nouveaux sont moins énervants :
Ici, le tas de casseroles
Fait sauter des lapins vivants.

C'est une douceur infinie,
Habitants des ronciers épais,
De vivre ainsi dans l'harmonie,
Dans la solitude et la paix.

On vous a trop mêlés naguères
A nos spectacles irritants,
A nos passions, à nos guerres.
Reposez-vous, il en est temps.

Au haut du talus, vers la crête,
Voyez ce bout de linge blanc
Qu'un sicot de bois mort arrête
Et qui flotte à l'air en tremblant.

Est-ce une épave nuptiale,
Un coin de voile déchiré,
Où d'une douce initiale
Le fil rouge est seul demeuré ?

Qui le sait? A quoi bon! Je rêve,
Et sur ces débris entassés
Je crois voir la Croix de Genève
Qui protège tous les blessés.

Dans la fosse vide ils s'entassent.
La rempliront-ils jusqu'aux bords?
Saluons les choses qui passent,
Paix aux navrés, respect aux morts!

A LA SANTÉ DES GUEUX

A Désiré Lemerre.

Ouvriers sans travail, hommes sans feu ni lieu.
Artistes du plein air, chanteurs, traîneurs de loques.
Baladins, joueurs d'orgue, aveugles, ventriloques.
Bienheureux fainéants. — nos frères devant Dieu ;

Sur vous de chauds rayons descendent du ciel bleu,
Aux ronces des chemins brillent vos pendeloques,
Le babil des oiseaux se mêle à vos colloques,
Les halliers sont en fleurs : couchez-vous au milieu.

Coureurs des champs, coureurs des bois. coureurs des plaines.
Tendez vos clairs bidons sous nos futailles pleines,
Suppez le poiré blond. lampez le cidre d'or !

O gars normands, vos cœurs sont moins durs que les marbres :
Trinquez avec les gueux, buvez, trinquez encor.
Grisez-vous ! Le Printemps vous sourit dans les arbres !

VIEUX TYPES

A Jules Truffier.

Du dernier maquignon voyez un peu la trogne!
Droit en selle, il fait bien sur l'horizon normand.
De son bâton noueux il frappe sa jument,
En l'insultant très haut : « Vas-tu trotter, charogne! »

Tout bas, la bête dit : « Mon maître est un ivrogne.
Il fait chaud, je préfère aller tout doucement.
Ah! le maître est brutal, il faut l'aimer vraiment
Pour ne pas le jeter par terre, quand il cogne. »

A l'amble comme au trot, au galop comme au pas.
L'homme et la bête iront ainsi jusqu'au trépas,
L'un gourmand, l'autre sobre; au fond, d'humeur pareille.

« Si jamais dans un trou nous tombons sur le flanc,
Je veux mourir. dit l'un, le chapeau sur l'oreille!
— Et moi, la bride au cou, » répond l'autre en soufflant.

LES ÉTAMEURS

« Bon pour un entrecôte, allez jusqu'à deux livres. »

Ce n'est pas le moment de leur couper les vivres :
Les étameurs ont faim, le carême est passé ;
Déjà l'âne, là-bas, grimpe amont le fossé :
Il happe à tout hasard des brins de nourriture
Dans les coudriers blonds flottant sur la voiture.

Aux pauvres affamés tous les recoins sont bons.
Pourtant ils ont choisi, ces maigres vagabonds,
L'endroit où l'abreuvoir rit, au bas de la côte.
Un monsieur du quartier a payé l'entrecôte.
On l'a, sur tous les tons, vingt fois remercié.
Songez donc : un rôti ! L'homme est estropié.
La femme, jeune encor, toussote ; elle est très pâle.
Elle porte. enfoui dans les plis d'un vieux châle,

L'enfant, rose et joufflu, qui pompe tout son lait.
Clopinant derrière eux, un pauvre gringalet
Porte un panier, d'où sort comme un son de clochettes :
Vieux chandeliers roulant sur d'anciennes fourchettes,
Cuillères, plats d'étain cassés, faussés, troués,
Casseroles heurtant leurs ventres bossués,
Un tas d'objets menus choquant des antiquailles
Dans le clair cliquetis cliquetant des cliquailles.
On sent que le village attendait l'étameur.

Cette aubaine les a tous mis de bonne humeur.
L'estropié sourit, le gringalet fredonne,
L'enfant presse le sein que sa mère lui donne.
On dresse le bûcher. Devinant un festin,
L'âne, depuis longtemps privé du picotin,
Apercevant de loin la viande suspendue,
Ouvre, en un long braiment, sa bouche à l'étendue.
Devant l'âtri, léché par un feu de sarment,
Le tournoyant rôti se dore lentement.
On arrose, on attise, et de la chair ambrée
Le jus en pleurs descend sur l'assiette beurrée.
L'âne, aspirant le bon fumet substantiel,
Demande, en piaffant, un peu d'avoine au ciel
Et le droit d'aller boire au fond de la prairie.

« Il faudra bien qu'un jour la chance me sourie,
Dit-il. J'ai tant trotté ! Le repos m'est bien dû ! »
Et le voilà rêvant d'un petit coin perdu,
D'un pré vert, où le thym provoque la bouchée,
Où libre, paresseux...

  La viande est décrochée.
« Ça juse, mes amis, » dit tout haut le grand gars
En faisant des yeux doux, voraces et hagards.
C'est cuit. Le rôti fume en sifflant comme un fifre ;
On mâche, on ronge, on gruge, on grignote, on s'empiffre,
On se passe un papier où quelques grains de sel
Roulent ; c'est un moment d'accord universel.
Le contentement naît de la faim qui s'apaise.
On lorgne le café qui chauffe sur la braise,
On trinque, on est poli, ce sont des embarras !
« Prends donc.—Garde pour toi.—Merci bien.—C'est du gras ! »
Aux échos du vallon l'âne, d'une voix aigre,
Fit retentir sa plainte : « Hé ! pour moi c'est du maigre !
C'est injuste ! »

  Il fallut bien l'entendre à la fin.
Le gringalet repu dit : « Papa, l'âne a faim. »
Au fond, l'estropié devait être sensible.
Il but et répondit : « Crois-tu ? C'est bien possible. »
L'âne sentit courir des frissons sur sa peau.

Il vit le coffre ouvert, il vit le vieux chapeau
Pénétrer dans l'avoine et s'emplir au passage.
O délices !

Midi flambait le paysage.
Dans les pommiers voisins les bourgeons éclataient,
Au cœur des guis touffus les grives s'ébattaient,
Le cresson miroitait dans le lit des fontaines.
Il ne flottait dans l'air que des rumeurs lointaines.
Aux vallons assoupis les vents, doux et légers,
Apportaient l'angelus chanté par les clochers.
Midi ! Les vagabonds s'unissaient au cantique.
Devant eux le café fumait, liqueur mystique
Dont l'arome est semblable au parfum de l'encens.
L'âme des vagabonds vibrait avec leurs sens.
Graves. religieux, tous trois ils se signèrent.
Puis, la tasse aux genoux, en buvant, ils parlèrent
De ce Dieu paternel, ami des pauvres gens,
Dont le ciel est ouvert à tous les indigents,
Et devant qui, là-haut. riche ou gueux, c'est tout comme.
La femme fit : « C'est beau ! — Très beau, répéta l'homme.
Mais qu'il soit descendu. c'est drôle, en vérité ! »

L'âne dit : « J'en suis sûr, c'est moi qui l'ai porté ! »

LE SAVATIER

A Alexandre Bisson.

Le cœur léger, la hotte pleine.
Il revient, au temps des blés d'or,
Par-ci par-là, battre la plaine
Sous le soleil de Messidor.

Le gars couche à la belle étoile,
A tout hasard; quand vient l'été,
La courtine et le drap de toile
Sont contraires à sa santé.

Vrai savatier. il raccommode
En plein air, au bas des talus,
La bottine encore à la mode
Et l'escarpin qui n'en peut plus.

Il retape, vaille que vaille,
Le soulier, veuf de son talon ;
Le brodequin, trop court, qui bâille
Sous l'effort de l'orteil trop long.

Depuis qu'il va, laissant des traces
Dans la poudre des grands chemins,
Combien, pointus. tortus, cocasses,
De pieds ont passé par ses mains !

Combien de bottes éculées,
Formant des plis sur le jarret,
Il a pourtant rafistolées
Après qu'on en désespérait !

Il a redressé le cothurne
D'un baladin démonstratif,
Qui, dans un spectacle nocturne,
S'était laissé choir sans motif.

La savaterie a ses charmes ;
En dépit des patins grossiers,
Il a remonté des gendarmes
Et recousu des épiciers.

Un peu partout, à gauche, à droite,
Au soleil, à l'ombre des bois,
Devant quelque pantoufle étroite
Il a rêvé, seul, bien des fois.

Au cœur de l'empeigne vernie
Il passait l'alène en tremblant,
Car sous la peau de chèvre unie
Il voyait un petit pied blanc.

Pieds délicats de jeunes filles
Ou de femmes très comme il faut,
Son rêve allait à vos chevilles.
Il n'a guère monté plus haut.

L'ouvrier de formes brillantes
Sait revêtir le cuir ancien,
Mais le regard de ses clientes
A toujours fait baisser le sien.

Muet devant tout ce qu'il aime,
Il ne perd ses timidités,
Il ne chante haut son poème
Que dans les endroits écartés.

Au bord des chemins, où cahote
Le moyeu des lourds chariots,
Il aime à déposer sa hotte
D'où s'échappent les godillots,

Les tranchets, les marteaux, les pointes,
La poix dont les fils s'enduiront,
Le baquet aux douves disjointes
Où les semelles tremperont.

C'est là que l'ouvrier s'arrête,
Campant. à l'instar des troupiers,
Avec les oiseaux sur sa tête
Et son chien fidèle à ses pieds.

Que ce soit la blonde ou la brune
Qui descende du firmament,
Il rêve d'amour sous la lune
Et, discret, sourit en dormant.

———

Il est discret à sa manière,
Mais dans son rêve folichon
Court, depuis la Saint-Jean dernière,
Le petit soulier de Fanchon,

Mignonne et galante pantoufle
Piquée en l'air sur un talon,
Qui se déplace au moindre souffle
Du zéphyr ou de l'aquilon.

Au bout de la claque un peu frêle
S'épanouit un chou frisé,
Et le dormeur, sous la semelle,
Revoit un clou qu'il a posé.

Objet tentateur, cela flotte
Devant l'homme jusqu'au réveil ;
Cela n'est sorti de sa hotte
Que pour rentrer dans son sommeil.

Le rêveur contemple avec joie
Le frais pompon qu'il a touché.
Dans la garniture de soie
Il retrouve plus d'un péché.

Gros soupir. Fanchette en est cause.
Pourquoi diable vient-elle aussi,
La nuit, avec son museau rose,
Constamment le troubler ainsi ?

Le galant, bercé sur un coude,
Offre son cœur, offre son nom.
Pas de danger que Fanchon boude!
Fanchon, la nuit, ne dit pas non.

Soudain, le ronfleur se soulève;
Il ouvre ses bras triomphants;
Il tient sa femme, il tient son rêve,
Il tient tout, jusqu'à ses enfants!

L'époux chimérique est en fête :
Fanchon le baise gentiment!
Le savatier penche la tête
Et sourit toujours en dormant!

A UNE FEMME

O femme, j'ai rêvé — pardonne à ma candeur ! —
Que, sortant tout à coup de cette ombre où tu glisses,
Tu nous faisais vraiment oublier tes malices,
Excuser ton orgueil et chérir ta laideur.

Je te voyais, fidèle à ta vieille raideur,
De superbes dédains écraser tes complices ;
Tu te montrais — ô songe, ô miracle, ô délices ! —
Charmante sans efforts, aimable sans fadeur.

Enfin, las de te voir si jalouse et si laide,
Le bon Dieu t'avait fait une âme de Tolède ;
Tu ne haïssais plus, tu ne bavardais pas.

C'était beau. Le voisin contemplait tes parures,
Pendant que, l'œil baissé, tu réparais tout bas
De l'habit du voisin les larges déchirures.

MON PLAÇAGE

A Madame T***

Cour, chaumière et jardin, deux vaches, trois pigeons,
Un chat, quelques lapins gîtés dans l'herbe haute,
Pommiers dans le vallon et pommiers sur la côte,
Où l'oiseau picoreur abat bois et bourgeons.

La mare, au fond du pré, se cache sous les joncs ;
Le rat d'eau s'y promène et la grenouille y saute,
Les vaches au poil roux y boivent côte à côte,
Leurs sabots dans la vase ont fait de lourds plongeons.

L'étroit domaine en tout mesure un quart de lieue.
D'en bas, l'échalier montre un pan d'ardoise bleue.
La fumée, au panache errant sur l'horizon,

S'accroche dans le houx qui borne mon plaçage.
Vous chercheriez en vain à passer la maison,
Madame, l'amitié vous y guette au passage.

MA GRAND'TANTE

AU POÈTE DE L'ALMANACH DE L'ORNE[1]

A vous aimer chez nous elle fut la première.
« Un maître, celui-là ! disait-elle souvent.
Ah ! petit, quel rimeur, quel conteur, quel savant !
Voyons, prends l'Almanach, approche la lumière.

« Il fait nuit. Relisons son *Ode à la Fermière,*
Et son *Toast aux Chiens d'Exme.* » Et, pendant que le vent
Hurleur faisait gémir la porte sous l'auvent,
Le rythme harmonieux visitait la chaumière.

Des terriens vous disiez les rêves, les combats.
La limousine aux flancs, votre *Berger,* là-bas,
Apparaissait, au fond des soirs mélancoliques.

Vos *Moissonneurs* chantaient sous le ciel étouffant,
Et déjà vos leçons flottaient en bucoliques
Des lèvres de l'aïeule à l'esprit de l'enfant.

1. Gustave Le Vavasseur.

6

TOAST AUX VENEURS

Porté, à Échauffour, au diner de prise du 1248ᵉ cerf.
(Équipage Chambray.)

Par monts, par vaux, après l'animal disparu,
Piétons et cavaliers, vous avez bien couru !
Sonnant les airs joyeux dont la meute s'enivre,
Vous jetiez aux vallons l'hymne éclatant du cuivre.
Les fauves effrayés se levaient en sursaut
Des broussailles d'amont que vous preniez d'assaut.
En vous voyant « piquer » ainsi sous les grands chênes,
Messieurs, d'aucuns songeaient aux revanches prochaines,
Car vous êtes les forts que nul revers n'abat !
Tout prêts pour le plaisir, tout prêts pour le combat,
Vous passerez un jour, d'autres l'ont fait naguère,
De l'escadron de chasse à l'escadron de guerre.

Quittant le ciel brumeux des horizons normands,
Vous irez chevaucher les brouillards allemands,

Et là-bas comme ici, crevant vos haquenées,
Charger éperdument en de chaudes journées!
Au ventre des chevaux mettez vos éperons :
Peut-être la trompette ardente et les clairons
Marieront-ils demain leurs fanfares altières
Aux rendez-vous sanglants, fixés sur les frontières.

En attendant, messieurs, suivant l'usage ancien,
Haut les verres! Guillaume a pu briser le sien,
Sans rancune et sans fiel nous choquerons les nôtres;
La soif des uns résiste à la haine des autres.
O Champagne! en brisant sa coupe insolemment,
L'empereur de la bière a fait un dur serment.
Tu pourrais, noble vin, fils des grappes choisies,
Noyer dans ton flot d'or toutes ses jalousies,
Faire vibrer sa lèvre et les cordes d'airain
De son palais, gâté par les boissons du Rhin!

Hé! qu'il garde, après tout, sa fureur et sa fièvre,
Que jamais notre vin n'approche de sa lèvre!
Si l'homme reniait ce que l'enfant a dit,
Dérobe-toi, Champagne, à la soif du maudit!
Fuis la bouche qui jure et les langues indignes
De savourer en paix la sève de nos vignes!

Pour nous, gens d'outre-Rhin, dont on parle en tremblant.
Nous avons déjà bu votre petit vin blanc.
Il est bon. Pris là-bas, il est meilleur encore.
Il est dans vos forêts plus d'un écho sonore,
Nous les réveillerons, s'il plaît à Dieu ! Je bois
Aux coteaux allemands, aux dix-cors, aux grands bois.
Et. le Champagne au poing, ô veneurs, je veux boire
A nos chasses d'enfer en pleine Forêt-Noire !

AUX CANADIENS

Toi qui peux des anciens garder le cher asile,
As-tu songé parfois au frère qui s'exile?
A l'émigrant pensif, qui met son rêve amer
Sur le vaisseau fragile et sur la grande mer?
Qui jette sa chimère, accrochée à des voiles,
Dans le hasard des flots, du vent et des étoiles?
Celui-là, librement, porte vers d'autres cieux
Le courage et la force hérités des aïeux;
Il fait, gardant un culte en son âme meurtrie,
Au rivage étranger aborder sa patrie.
Et tous ceux qu'il entraîne au bruit des pas errants
Ne sont pas des vaincus : ce sont des conquérants!

Normands et Percherons des lointaines années,
Vous qui, dans l'inconnu haussant vos destinées,
Loin du toit paternel et du hameau natal,
Emportiez avec vous Québec et Montréal;

Aventuriers, colons, fondateurs d'une histoire,
Je salue en passant vos noms et votre gloire !

Percherons et Normands devenus Canadiens,
Mais restés bons Français et surtout bons chrétiens,
En votre double foi nous trouvons des exemples :
La France est dans vos cœurs, le Christ est dans vos temples.
Quand devant le Seigneur vous pliez les genoux,
Vous priez mieux que nous, vous aimez plus que nous.
Aussi, nous acclamons la grande colonie
Dans sa foi militante et dans son fier génie.
Et moi j'élève un hymne aux frères Canadiens
Demeurés bons Français et restés bons chrétiens !

EN EXPRESS

Le train file. La vitre, ouverte au paysage,
Soudain livre à nos yeux, là-bas, sous le ciel clair,
La colline, un point brun ; la rivière, un éclair ;
Et le clocher perdu qu'on salue au passage.

Tout brille : le clocher, le fleuve, le nuage.
Or, voici qu'à deux pas de la ligne de fer,
Sous un coup de sifflet strident, jeté dans l'air,
Un faucheur redressé nous montre son visage.

La plaine est là, superbe, immense, déroulant
Les grands plis lumineux de son manteau brûlant.
O splendeurs des moissons, lumière, force et joie !

Dans les coquelicots sanglants, dans les blés roux,
Du trèfle qui rutile au seigle qui flamboie,
Tout l'orgueil de la glèbe éclate autour de nous !

L'AN DEUX MILLE

En l'An deux mille, il n'y aura plus ni agriculture,
ni patre, ni laboureur, ni viande, ni pain, ni vin
Chacun emportera, pour se nourrir, son petit morceau
de fecule, sa petite tablette de matiere azotée ..

Discours de M Berthelot

Voici l'ère de la chimie,
Qu'annonça monsieur Berthelot.
Le vieux soleil, un peu pâlot,
Sourit à la plaine endormie.

Ne cherchez pas le laboureur :
Il est mort avec le vieux monde ;
Ne parlez plus de moisson blonde.
Taisez-vous : c'était une erreur !

Une erreur des temps ridicules
Où les pâtres. rois des coteaux.
Faisaient, avec leurs grands manteaux.
Des gestes sur les crépuscules.

Ne donnez pas un regret vain
A l'époque, impie et gourmande,
Dont l'idéal était la viande,
Dont l'ivresse sortait du vin.

Dindons, chapons, poulets, poulettes,
Arrière ! Et toi, qu'ils ont farci,
Cochon, reprends tes pieds, voici
L'ère admirable des boulettes.

Ces messieurs mangent? Du charbon.
On fait violence à l'acide,
Et le carbone se décide
A pénétrer dans un bonbon.

Des dents? Et pourquoi? Ça nous gêne
Hier, nous avons enfermé
En un granule parfumé
Et l'hydrogène et l'oxygène.

Vers l'inexploré, vers l'ailleurs
La race humaine est emportée.
On vit de matière azotée
Dans les états supérieurs !

En proie à l'éternelle crampe,
Privé du beefteack attendu,
L'estomac, chez l'individu,
Souffre, se révolte... et décampe.

L'homme gnome, sylphe, lutin,
Djinn, époux de la libellule,
Absorbe le miel en pilule.
Quelle aubaine pour l'intestin!

Es-tu la femelle ou le mâle?
Ni froid? Ni chaud? Ni soif? Ni faim?
— Ah nous prenons le fin du fin
A dose infinitésimale.

An deux mille, vous m'embêtez!
Je reste fidèle à ma soupe,
Et mes lèvres vont à la coupe
Où le grand vin met ses clartés.
An deux mille, vous m'embêtez!

Les dindons sont beaux devant l'âtre,
Et moi, j'exalte, avec le pâtre,
Le bon pain bis. les gros pâtés.
Nos appétits et nos gaîtés.
An deux mille. vous m'embêtez!

A COLETTE

Dans le rôle de Colette, femme de Clement
Marot, Mme Mole-Truffier a eté tres acclamee
et tres charmante.

Premiere de *La Basoche* Journaux

Dans mon village on vous attend,
Car le chef de gare, inspectant
      Tous les jours sa toilette,
Gonflé d'un chimérique espoir,
Se dit : « Enfin, nous allons voir
      Colette ! »

Le maître d'hôtel d'Échauffour,
Guillot, a retiré du four
      Une énorme galette.
Mais, à tout calcul étranger,
Il n'oserait point engager
      Colette !

Il n'oserait pas? C'est selon.
Voulez-vous en savoir plus long?
        Baissez votre voilette
Et rougissez un peu, beaucoup :
Guillot va vous sauter au cou.
        Colette !

Par les chemins, par les halliers,
Les oiseaux et les écoliers,
        Gent folâtre et follette,
Du cœur, de la gorge et du bec
Piaillent : « Nous chanterons avec
        Colette ! »

Moi, frère de Clément Marot.
Quand vous aurez goûté le rôt
        Et mangé l'omelette,
J'irai vous offrir à genoux
Un poulet, fait exprès pour vous,
        Colette !

Vous l'écouterez gentiment,
Et puis, comme au pays normand
        La Muse est fort simplette,

Vous irons après dans les blés
Courir tous deux... si vous voulez.
Colette!

TROISIÈME PARTIE

L'OISEAU PERDU

Au loin l'herbage solitaire
S'étendait, et sous le ciel gris,
Dans le vertige de la terre,
L'oiseau perdu jetait des cris.

Il passait, les plumes baignées.
Dans la brume, lourde à son vol,
Et de ses ailes résignées
Effleurait les ombres du sol.

D'où venait-il, l'oiseau sauvage?
De la montagne ou de la mer?
Avait-il sur quelque rivage
Un nid battu du flot amer?

7

Qu'importe! Il a quitté la nue
Pour le grand herbage assombri,
Où son aile lente est venue
Chercher le repos et l'abri.

O doux repos, — cruel mensonge!
O doux abri, — rêve trompeur!
Dans l'ombre, où son œil cherche et plonge,
L'oiseau n'a trouvé que la peur.

Et, remontant aux cieux funèbres,
Effrayé de l'heure et du lieu,
Il a crié, dans les ténèbres,
Son épouvante et son adieu.

———

De la montagne ou de la grève
Le poète un soir, en passant,
Soudain s'est jeté dans le rêve
Avec un désir frémissant.

L'ombre a couvert de son mystère
Le vol du désir éperdu,
Puis dans une âme solitaire
L'amour de l'homme est descendu.

Cette âme, jusqu'alors fermée,
Il est beau de la voir s'ouvrir.
Sur le cœur de la bien-aimée
Le poète voudrait mourir.

Il voudrait, ivresse infinie,
Loin du monde louche et hagard,
O femme, abriter son génie
Dans la douceur de ton regard ;

Oublier les mauvaises fièvres,
Le désespoir, les trahisons,
Et voir s'envoler de tes lèvres
Les plus radieuses chansons.

L'abri joyeux d'une âme en fête
Sourit au voyageur lassé ;
Mais voici qu'une nuit s'est faite
Où l'inquiétude a passé.

Autour de l'homme misérable
Le soir est venu, triste et froid ;
Et le devoir inexorable
L'a plongé dans un morne effroi.

Ton amour? Folie et ruine!
Ton désir? Un fils du péché!
Si le mal est dans ta poitrine,
Il faut qu'il en soit arraché;

Il faut, d'une voix qu'on écoute,
Enseigner tes frères tremblants
Et laisser sur la grande route
La trace de tes pieds sanglants.

———

Alors, comme l'oiseau nocturne
Qui, fouettant la brume, s'enfuit,
Le poète au front taciturne
A comme l'horreur de la nuit.

En quelque sauvage contrée
Il souffrira, seul désormais,
« Toujours! » avait dit l'adorée.
Le poète répond : « Jamais! »

Et, regardant les cieux funèbres
Où sont les étoiles de feu,
Il crie au loin, dans les ténèbres,
Et sa douleur et son adieu...

———

MATIN

L'écriture de l'arbre avec ses hauts jambages
Tremble, mystérieuse, au bord de l'horizon.
Et par la haie en fleurs, autour de la maison,
Allègrement, le jour furtif rit aux herbages.

Des bruits montent ; le vent effleure les roseaux
De la mare, où les bœufs au col pesant vont boire,
Et le soleil levant jette, comme une gloire,
La clarté du matin sur la face des eaux.

Le rythme des galops, élevé sur les routes,
Sonne la vie, et passe, et rentre dans l'oubli.
Au milieu du silence un moment rétabli,
Un angelus lointain surprend l'âme aux écoutes.

Les souffles et les voix de ce matin vainqueur,
Bruits vains, hymnes perdus, n'ont rien dit à mon âme.
Le jour peut dispenser l'harmonie et la flamme,
Une ombre est descendue où j'ai laissé mon cœur.

J'ai vu passer aussi l'homme dans la vallée,
Le rire et la chanson égayaient son chemin.
Morose, j'ai souffert de ce tapage humain,
Et l'heure m'a semblé plus triste et plus voilée.

O chanteur matinal, lorsque l'aube a souri,
L'air a pris ta chanson, si hardie et si gaie ;
Lorsque la fleur d'avril a brillé dans la haie,
Un poème joyeux sur ta bouche a fleuri.

C'est bien ! Dis ton refrain. suis ton rire et ta voie,
Reste le beau chanteur du matin triomphant,
Et ne viens pas, ami, dans le soir étouffant,
Où le rêveur blessé ne comprend plus la joie !

LE SOIR DES MORTS

Lorsque des glas mélancoliques
Tombent, le soir, des hauts clochers,
Revoyez-vous, ô Catholiques,
La terre où vos morts sont couchés?

Quand les cloches aux voix funèbres,
Sous le ciel morne, à tous les vents,
Pleurent, pleurent dans les ténèbres,
A qui songez-vous, ô vivants?

Dans vos lits, autour de vos tables,
Est-ce aux défunts que vous songez?
A ceux dont les bras lamentables
Dans les cercueils sont allongés?

Aux pauvres âmes éprouvées
Par le Purgatoire de feu,
Que leurs œuvres n'ont point sauvées
Devant la justice de Dieu?

Les morts diraient un beau cantique
Si nos genoux restaient ployés,
Si la prière, fleur mystique,
S'ouvrait pour eux en nos foyers;

Si Dieu, dont on fait la rencontre,
Prié par nous, vaincu par nous,
Échangeait parfois le ciel contre
La fatigue de nos genoux.

Mais il est des morts qu'on néglige.
Nul souvenir, nulle amitié.
Et leur solitude m'afflige,
Et je leur garde ma pitié.

De l'âme la plus délaissée
Je veux implorer le pardon.
Je vois sa peine, et ma pensée
Va tout droit vers cet abandon.

Car celle-là doublement souffre
Dont le nom reste enseveli,
Et le Purgatoire est un gouffre
Où toute âme a peur de l'oubli.

Quand les cloches aux voix funèbres,
Sous le ciel morne, à tous les vents,
Pleurent, pleurent dans les ténèbres,
A qui songez-vous, ô vivants?

LA CROIX

À *Gustave Le Vavasseur.*

J'ai vu passer les noirs corbeaux du rêve.
Accompagnés par les nuages noirs,
Ils s'en allaient, en de lugubres soirs,
Jetant des cris au vent qui les soulève.
J'ai vu passer les noirs corbeaux du rêve.

Ces cris d'oiseaux semblent des cris humains.
O voyageurs perdus dans les vallées,
Entendez-vous leurs clameurs désolées?
Gueux aux pieds las de courir les chemins,
Ces cris d'oiseaux semblent des cris humains!

J'ai vu la Croix debout sur la colline,
La Croix, flambeau de tous les égarés.
Qu'importe un vol de corbeaux éplorés?
Montez encor dans le jour qui décline :
Voici la Croix debout sur la colline.

Devant le Dieu d'amour ouvrez vos cœurs.
Il a pleuré : venez offrir vos larmes.
Il a lutté : demandez-lui des armes.
Il a vaincu : vous serez des vainqueurs !
Devant le Dieu d'amour ouvrez vos cœurs.

J'ai vu s'enfuir les noirs corbeaux du rêve.
Ils effleuraient, sous les nuages noirs,
La Croix du Christ qui brille au fond des soirs.
Et, balayés du vent qui les soulève,
J'ai vu s'enfuir les noirs corbeaux du rêve.

SUR UNE MORTE

Au comte de M****.*

Je préfère aux âmes très fortes
Ceux dont les yeux restent baignés,
Et qui, songeant aux pauvres mortes,
Ne seront pas des résignés.

Ceux-là pleurent, sans qu'on les voie,
Le grand amour, le vrai, — le seul.
Ils ont laissé toute leur joie
Aux plis funèbres du linceul.

Ils avaient fait, devant l'aurore,
Cœur à cœur, des pactes si beaux.
Que les serments durent encore
Dans la nuit froide des tombeaux.

O femme, unique fiancée,
J'ai mon regard sur tes yeux clos !
Tu m'avais donné ta pensée,
Je te garde tous mes sanglots.

Ange, les mots de pure flamme
Que nous avons dits autrefois,
Toujours élevés vers ton âme,
Feront toujours trembler ma voix ;

Et dans la mort s'il est possible
Que ton amour me soit rendu,
Je réclame au monde invisible
Tout le bonheur que j'ai perdu.

MÉLANCOLIE

Au comte Gérard de Contades.

Maison joyeuse, ma tristesse
N'a demandé rien à ton seuil.
La Mélancolie est l'hôtesse
Dont j'ai sollicité l'accueil.

Des gens, grimpés sur des chimères,
Tout à l'heure, au soleil levant,
Chevauchaient les routes amères
Où j'ai voyagé trop souvent.

Pendant que ces âmes sans nombre
Saluaient le matin vermeil,
Tout bas, j'ai prié la nuit sombre
De me délivrer du soleil.

Pendant que la chevalerie
Paradait au pied des châteaux,
J'ai rejoint dans l'hôtellerie
Tous les gueux aux tristes manteaux :

Tous ceux que chaque jour ramène
Vers l'injustice ou la douleur,
Et qui de la souffrance humaine
Ont gardé l'antique pâleur.

Porteurs d'une dignité sainte
Où se cachent les longs regrets,
Ceux-là n'ont admis ni la plainte,
Ni la trahison des secrets.

Partisans de la fierté vraie,
Désireux du songe, ils ont fui
Le lieu bruyant, la maison gaie,
L'homme bavard, souffleur d'ennui.

Chez l'hôtesse Mélancolie
Ils n'ont point trouvé le repos,
Car le même vent de folie
Souffle à travers leurs oripeaux.

Le monde aux lâchetés cruelles
Du moins les traite d'insensés,
Parce qu'ils sont restés fidèles
Aux amours qui les ont blessés :

Amour du droit, de la justice,
Ou d'un art qu'ils voudraient plus beau
Pour que la strophe retentisse
Jusque par delà le tombeau ;

Amour inutile et farouche
De celles qu'ils contempleront,
Sans qu'un seul baiser de leur bouche
Fasse jamais rougir un front.

Moi, j'aime ces gens ridicules,
Ces gueux dont les corps amaigris
Errent au fond des crépuscules
Ou se perdent dans le ciel gris.

J'aime leur logis et leur table.
Chez tous les gobeurs de rayons,
En dépit du vin détestable,
Le cœur est chaud sous les haillons.

Et voilà pourquoi ma tristesse,
Maison joyeuse, a fui ton seuil.
La Mélancolie est l'hôtesse
Dont j'ai sollicité l'accueil.

A ALEXANDRE DE BERTHA

Ta musique, ô Magyar, agitée ou plaintive,
Pour moi, ressemble aux bruits tumultueux des flots!
Frère étranger, ton œuvre, ardente et suggestive,
Est pleine de regrets, d'amours et de sanglots!

Aimant le ciel natal avec idolâtrie,
Tu dois trouver parfois notre ciel étouffant,
Car dans l'hymne exhalé vers ta chère patrie
L'homme chez toi, parfois, pleure comme un enfant.

Mais, seul devant tes chants, tu n'as rien pris des nôtres,
Et tu n'es pas de ceux qu'on voit s'accoutumer,
Ton mal n'est pas d'ici : tu l'exprimes pour d'autres
Qui devront mieux que nous le comprendre et l'aimer.

Va, c'est beau d'être ainsi rebelle aux esclavages,
De retourner vers ceux que l'on n'a pas trahis,
Et de faire éclater en des rythmes sauvages
L'accent mélancolique et fier de son pays !

Il est beau, sais-tu bien, d'être un grand solitaire,
D'avoir une noblesse et d'en porter le sceau ;
Et, fils d'un sol lointain, d'être en proie au mystère
De la première larme et du premier berceau.

Garde le sombre éclat des splendeurs primitives,
Ami ! tu courberas un monde sous ta loi ;
Car tu feras un jour les âmes attentives,
Et je vois déjà ceux qui s'en iront vers toi :

Les disciples des temps prochains, tristes eux-mêmes,
Qui s'uniront aux cris d'un cœur inconsolé,
Et qui se complairont, bercés par tes poèmes,
Dans l'orgueil paternel du vieux Maître exilé !...

DEVANT LA SAINTE FACE

Face, que ma prière effleure,
Je vois tristement, à genoux,
Le sang que tu versas pour nous;
Et puisque tu pleures, je pleure.

Christ aux yeux baissés, j'attends l'heure
Du sacrifice amer et doux :
Qu'il soit douloureux entre tous,
Qu'il te console et qu'il demeure.

Regarde, ô Christ, et soutiens-moi!
Car ici même, devant toi,
J'immole un amour misérable.

Mais, pour que je sois moins tremblant,
Fais que ton image adorable
Reste seule en mon cœur sanglant.

PETITS ENFANTS

A M. l'abbé Le Nordez.

Les petits enfants que l'on voit courir,
Si légers d'ennui, si beaux d'innocence,
Nous font du bonheur oublier l'absence.
Les petits enfant que l'on voit courir,
S'ils n'étaient plus là. je voudrais mourir.

La douleur se noie au fond des tendresses.
L'esprit malheureux a beau dire : Non !
L'espoir se réveille à l'appel d'un nom.
Quand les doux enfants offrent leurs caresses.
La douleur se noie au fond des tendresses.

Laissons-les jouer, rire, babiller.
Ne les troublons pas de notre colère.
Les mots violents doivent leur déplaire.
Ce n'est point à nous de les effrayer :
Laissons-les jouer, rire, babiller.

Les petits enfants deviennent des anges
Quand la mort s'arrête auprès des berceaux.
Nous en avons tous de ces chers oiseaux
Envolés vers les célestes phalanges.
Les petits enfants sont frères des anges.

Ne soyons jamais tristes devant eux.
Ils auront trop tôt le secret des larmes.
C'est dans notre foi qu'ils puisent des armes
Pour un avenir souvent hasardeux :
Ne soyons jamais tristes devant eux.

Ils sont le sourire, ils sont la lumière,
Les derniers soutiens de nos corps lassés,
Le dernier espoir de nos cœurs brisés.
Comme après la nuit l'aube coutumière,
Ils sont le sourire, ils sont la lumière !

Les petits enfants que l'on voit courir,
Si légers d'ennui, si beaux d'innocence,
Nous font du bonheur oublier l'absence.
Les petits enfants que l'on voit courir,
S'ils n'étaient plus là, je voudrais mourir.

LES LARMES

A madame la comtesse de L. G.

On ne les a pas soupçonnées
Les larmes qui brûlaient mes yeux.
Filles d'un mal silencieux
Et de mes plus tristes années,
On ne les a pas soupçonnées.,

Durant les banales journées,
J'ai combattu sans me lasser.
Mais les larmes qu'on peut verser
Quand les têtes sont détournées,
On ne les a pas soupçonnées.

Les radieuses matinées
Ont fait place à la sombre nuit,
Et les larmes tombant sans bruit
Sur mes espérances fanées,
Nul ne les aura soupçonnées.

MONT SAINT-MICHEL. — NUIT

Heureux les morts sous la terre glacée'!
Pendant qu'autour du mont pleurent les flots,
Au vent des nuits passent d'autres sanglots.
D'aucun rayon l'ombre n'est traversée.
Qui donc verra le deuil de ma pensée?

La mer aussi passe avec des sanglots.
D'aucun rayon l'ombre n'est traversée.
Ainsi que dans la nuit parlent les flots,
Tous mes regrets pleurent dans ma pensée.
Heureux les morts sous la terre glacée!

CHANSON TRISTE

La mer aux larges étendues
N'est pas grande comme l'amour.
Si les voix des flots sont perdues,
Le cœur peut tout perdre en un jour.
La mer aux mornes étendues
N'est pas triste comme l'amour.

Les vagues pleuraient, tout à l'heure.
Plonge ton regard dans mes yeux,
Et tu verras tout ce qui pleure
Au fond d'un cœur silencieux.
Les vagues n'ont pas, tout à l'heure,
Dit la tristesse de mes yeux.

La mer aux larges étendues
N'est pas grande comme l'amour.
Si les voix des flots sont perdues,
Le cœur peut tout perdre en un jour.
La mer aux mornes étendues
N'est pas triste comme l'amour.

MON PAYS

Vous avez donc abandonné votre
village ³

Lettre.

Non, je n'ai pas abandonné
Le doux et triste coin de terre
Où dorment les miens. J'y suis né
Et j'ai grandi dans son mystère.

Là mon enfance interrogea
Les champs, les prés, l'arbre, la nue.
J'étais seul, je souffrais déjà
D'une âme qui n'est point venue.

Quand les angelus dans le vent
Tintaient des coteaux aux vallées,
Le soir, je suis resté souvent
Parmi les choses désolées.

Premiers chagrins, premiers ennuis,
Désirs de l'enfant solitaire,
Je vous ai, dans l'ombre des nuits,
Confiés à la pauvre terre.

De tous ceux qui veillaient sur moi,
Toi seule, inquiète ou ravie,
O mère, as partagé l'émoi
De ton enfant devant la vie.

Si quelques-uns ont dédaigné
De mes songes les fleurs naïves,
Bien souvent mon cœur a saigné
Sous des douleurs encor plus vives.

Trop tard, hélas! j'ai rencontré
L'ami, la sœur, la bien-aimée,
Si tard que nul n'a pénétré
Dans mon âme, sombre et fermée.

C'est la terre qui m'a souri,
Aimé, bercé. Terre fragile,
Mon plus beau poème a fleuri
Dans l'air qui baigne ton argile.

Toi seule as vu mon abandon,
Et je t'ai dit mes meurtrissures,
Mes désespoirs et le pardon
Tombé de toutes mes blessures.

Aussi, je n'ai point oublié
Mon doux et triste coin de terre.
Là j'ai souffert, aimé, prié,
Dans le silence et le mystère.

Quand, sous le crépuscule d'or.
L'ombre descend dans les vallées,
Là-bas, je voudrais vivre encor
Parmi les choses désolées.

APRÈS UNE MÉLODIE DE SCHUMANN

> Ces nuages, dans la nuit sombre,
> Me parlent de mon pays
>   SCHUMANN.

A madame Mac-Swiney.

Quand la sombre douleur fait pleurer ton génie,
Je sens frémir mon cœur sous ta grande harmonie.
O Schumann! Je saisis, dans le rythme profond,
Tout le mal qu'ils t'ont fait, pas le mal qu'ils me font,
Ces poèmes vécus où ton âme demeure.

Du village lointain tu parlais tout à l'heure.
Frère éploré, tes chants, si tristes et si beaux,
Portaient le deuil des morts perdus dans les tombeaux,
Et tu disais, parlant de ta croix solitaire :
« La vanité du nom s'est mêlée à la terre.
Pourquoi chanter? Les cris, les amours, les espoirs,
Tout meurt au fond des nuits. »

Dieu veille au fond des soirs.
Il prolonge les voix qu'on n'a plus entendues,
Les paroles d'amour ne sont jamais perdues.
Et toujours la douleur aux terribles accents
Sur la vie éternelle a des échos puissants.

SUR UN DESSIN DE MARIE LASSAUSSAYE

L'homme est un pèlerin : il s'arrête aux demeures
Que la vie inquiète ouvre sur son chemin.
Vous, de si près venue, où serez-vous demain?
Connaissons-nous la marche et le secret des heures?

O passant d'ici-bas, toi qui ris, toi qui pleures,
J'ignore ta maison et, fils du cœur humain,
Le songe ou le hochet enfermé dans ta main,
Mais je sais que l'amour et l'espoir sont des leurres.

Non, pourtant. Sous le toit où furent nos berceaux,
A l'heure où s'éveillaient les songes les plus beaux,
L'amour n'a point menti dans l'âme de nos mères.

Aussi, je le salue et je l'aime avec vous,
Ce toit que nous pouvons, dans nos peines amères,
Prendre comme un refuge inviolable et doux.

FLEURS FRÊLES

La fleur frêle de l'églantier,
Que le premier jour a pâlie,
Unit, au détour du sentier,
La grâce à la mélancolie.

Chère, ici nous avons parlé
Tous deux de tendresse infinie.
Où l'hymne s'est-il envolé?
Où vont les fleurs et l'harmonie?

Lorsque nous chercherons demain
L'endroit témoin de nos paroles,
Le vent des nuits sur le chemin
Aura dispersé les corolles.

9

La fleur frêle de notre espoir,
Le doux secret de nos -pensées,
Ira-t-il aussi, quelque soir,
Se perdre au fond du chemin noir
Avec les corolles blessées?

A ERNEST MILLET

Les corps humains, dépouille immonde
Où se sont acharnés les vers,
Sortiront, à la fin du monde,
Vivants des sépulcres ouverts.

Débris épars dans la nuit noire,
Soudain l'éternelle clarté
Les fera surgir dans sa gloire,
Rayonnants d'immortalité.

Est-ce la destinée auguste
Du doux penseur, du noble ami,
Du poète qui, comme un juste,
Dans le Seigneur s'est endormi?

O mon cher Millet, je l'espère.
J'ai vu pleurer tes tristes yeux :
Je crois à la pitié du Père
Qui nous juge du haut des Cieux.

Frère, devant tout ce qui blesse,
Dans l'ombre où ton rêve est resté,
N'as-tu pas gardé ta noblesse,
Ta foi, ton amour, ta bonté?

Ta foi surtout, flambeau mystique
Offert à l'esprit vacillant,
Qui fait du poème un cantique,
Qui fait de l'artiste un croyant!

Tu réservais des chants sublimes
A des idéals méconnus.
Tu semblais créé pour les cimes
Où, seuls, les forts sont parvenus.

Tu disais de superbes choses,
Le Beau chantait dans tes aveux.
Tu laissais vers les grandes causes
Monter ton génie et tes vœux.

Et quand la mort est arrivée,
Quand ton œil de chair s'est terni.
Dans le ciel tu l'as achevée
Ta vision de l'Infini.

ELLE ET LUI

I

Artistes tous les deux et tous deux du même âge,
Jeune fille aux yeux bruns, jeune homme aux cheveux blonds,
Je les ai rencontrés dans un lointain village,
Épris du même azur et des mêmes vallons.

Elle était son amie et non sa fiancée.
Tout semblait les unir et tout les séparait!
Aussi, le même deuil attristait leur pensée;
Dans leur sourire, hélas! quelque chose pleurait.

Lui, déjà fatigué des cruautés du monde,
Regardait vers la mort où déclinaient ses jours,
Trop fier pour dévoiler sa misère profonde,
Trop faible pour porter son œuvre et ses amours.

« Que t'importent les traits de la malice humaine?
Lui disais-je ; un rayon du ciel t'a visité !
Que t'importe, après tout, l'ombre où gronde la haine,
Si l'amour devant toi sourit dans la clarté?

« Toujours un cœur vaillant entraîne un cœur fidèle,
Et, fille des labeurs qui s'offriront demain,
Si ton œuvre attirait les méchants autour d'elle,
Dédaigne et prends la main qui tremble dans ta main. »

Mais le souffle a manqué sur sa lèvre blêmie.
Il a, bien loin de nous, étouffant des sanglots,
Dans un dernier regard emporté son amie,
Dont la très pure image habite ses yeux clos.

Du frère qui n'est plus j'ai dit la simple histoire.
Et celle qui l'aima l'aime encore aujourd'hui.
Et tout ce qu'il pensait flotte dans ma mémoire.
Je me suis souvenu. J'ai pleuré.

                        J'ai traduit :

II

Je ne te dirai pas ma tristesse infinie,
Tu ne sauras jamais ce qu'ont pleuré mes yeux.
De la plaine et des bois rêveur silencieux,
J'écouterai du vent la sauvage harmonie
Et je ne dirai pas ma tristesse infinie.

Pourtant j'ai bien souffert pour accepter l'oubli.
Je prendrai sous la nuit la route abandonnée
Où ta gaîté d'enfant passa dans la journée ;
Et mon amour vivra, dans l'ombre enseveli.
Hélas ! j'ai trop souffert pour accepter l'oubli.

Je garde le chagrin des choses oubliées.
Il suffit à l'oiseau d'aimer quelques instants ;
Aussi, quand vient l'accord passager du printemps.
Loin de l'hymne menteur chanté sous les feuillées.
J'emporte le chagrin des amours oubliées.

Moi, je donne aux aveux d'éternels lendemains.
Pourquoi jeter son cœur dans une autre pensée?
Pourquoi m'appelez-vous? L'heure n'est point passée.
Alors que tant d'aveux traînent sur les chemins,
Moi, je donne à l'amour d'éternels lendemains.

Chère, as-tu deviné ma tristesse infinie?
Le vent au souffle amer n'a pas séché mes yeux,
Les bois ne m'ont pas vu fier et silencieux,
J'aimerais de ta voix la très douce harmonie.
Chère, as-tu partagé ma tristesse infinie?

III

Mon regard a suivi le vôtre.
Vous baissiez les yeux tristement...
A quoi bon? Puisqu'une âme à l'autre
Communique invisiblement.

Même séparés, rien ne change.
Du chagrin nous faisons deux parts.
Il reste une douceur étrange
Dans l'amertume des départs.

Qui me rendra votre présence ?
O deuil, ô regrets superflus !
Pour nous consoler de l'absence,
Essayons d'aimer un peu plus.

Vous partiez. Je vous ai suivie.
Chère, l'amour est un vainqueur :
Il regarde encor dans ta vie,
Il chante toujours dans mon cœur.

Mais qu'il soit fait d'orgueil suprême,
Notre amour ! Il faut le porter
Si haut, vois-tu, que Dieu lui-même
Puisse l'entendre et l'accepter.

Et si je souffre et si tu pleures,
Demandons tous deux, à genoux,
De ne jamais vivre les heures
Où Dieu s'éloignerait de nous.

Je serai l'âme fraternelle.
De loin, tu pourras tressaillir
Sans que ton ange sous son aile
Craigne jamais de m'accueillir.

Oh! les tristes heures passées
Loin de toi! Mais tu reviendras,
Et j'aurai de nobles pensées
Pour le cœur que tu m'ouvriras.

N'es-tu pas la sœur et l'élue?
Fidèles jusque dans la mort,
L'amitié, nous l'avons voulue
Sans peur, sans tache, sans remord.

Et si quelque esprit se hasarde
Noblement à nous soupçonner,
Qu'il te suive ou qu'il me regarde :
Il n'aura rien à pardonner.

IV

O fleur de mon pays, solitaire et cachée,
Esprit qui veille au fond du village endormi,
O ma sœur, souviens-toi du frère et de l'ami
Dont l'âme vers la tienne un moment s'est penchée.

J'ai vu qu'une lumière environnait ton front;
Une aube répandait des clartés sur ta voie.
Après avoir aimé ta jeunesse et ta joie,
Je regarde la nuit où mes jours descendront.

Excepté Dieu, plus rien dans la sombre étendue.
O ma sœur, qu'elle soit par le Maître des cieux
Épargnée à ton cœur et fermée à tes yeux,
La nuit qui pâlirait ton étoile éperdue,

La nuit définitive où j'ai dit à la Mort :
« Tu seras mon désir, ma gloire, mon refuge! »
Dieu nous voit. Je suis prêt à répondre à mon Juge.
Ce qui m'a fait crier, ce n'est pas le remord.

J'ai combattu, souffert, j'ai fui la bien-aimée.
Quand son ange gardien l'a mise à mon côté,
Je n'ai d'aucun désir outragé sa beauté,
A l'aveu défendu ma bouche s'est fermée.

Du chaste amour je sais la grandeur et le prix.
Je sais que du devoir on n'est point la victime
Quand on garde au plus fort de soi l'orgueil intime,
Ayant le moins parlé, d'être le mieux compris.

O fleur de mon pays, solitaire et cachée,
Esprit qui veille au fond du village endormi,
O ma sœur, souviens-toi du frère et de l'ami
Dont l'âme vers la tienne un moment s'est penchée!

V

C'est la sœur inconnue, idéale et mystique,
Très chastement unie à mon désir vainqueur.
Lorsque vers sa beauté j'élève mon cantique,
Comme un lis le poème a fleuri dans mon cœur.

Depuis longtemps sa gloire occupe ma pensée,
Tout l'orgueil de son âme en moi s'est abrité.
En secret j'ai souffert de ce qui l'a blessée;
Et quand elle a paru joyeuse, j'ai chanté!

Elle a mis son espoir où j'ai placé ma vie :
Dans l'Art, qui fuit le monde et ses dérisions.
Loin du mal, au-dessus des ombres de l'envie,
Le Beau nous a livré ses claires visions.

Mais je tremble toujours quand je m'approche d'elle,
Je songe à la minute ailée, aux courts instants,
Au départ! Si je crois que tu seras fidèle,
Hélas! il me souvient d'avoir pleuré longtemps.

Notre esprit, malgré tout, garde une inquiétude :
On songe à l'être aimé qui ne reviendrait pas!
Je songe à la profonde et morne solitude
Où j'attendrais en vain ta parole et tes pas.

J'ai la peur de l'oubli, j'ai l'effroi du silence.
Je me suis demandé parfois dans quel linceul
On ensevelirait ma suprême espérance;
Et déjà j'ai senti l'horreur de vivre seul.

Seul dans le dur combat des mauvaises journées,
En face du jaloux, immonde et répulsif,
Et ne pas voir, au fond des dernières années,
Le sourire adoré de ton amour pensif.

C'est là l'obscur chagrin, venu de ma faiblesse.
Je peux garder l'honneur, exalter le devoir,
Incliner mon esprit devant toute noblesse :
Je reste aux pieds du Christ avec mon désespoir.

TABLE

TABLE

PREMIÈRE PARTIE

DEUXIÈME PARTIE

TROISIÈME PARTIE

TABLE   147

Achevé d'imprimer

le vingt-six mars mil huit cent quatre-vingt-quinze

PAR

ALPHONSE LEMERRE

25, RUE DES GRANDS-AUGUSTINS, 25

A PARIS

A LA MÊME LIBRAIRIE

Paris — Imp. A. LEMERRE, 25, rue des Grands-Augustins 3 - 2336